Monika Feth • Die blauen und die grauen Tage

DIE AUTORIN

Monika Feth wurde 1951 in Hagen geboren, arbeitete nach ihrem literaturwissenschaftlichen Studium zunächst als Journalistin und begann dann, Bücher zu verfassen. Heute lebt sie in der Nähe von Köln, wo sie vielfach ausgezeichnete Bücher für Leser aller Altersgruppen schreibt. Der sensationelle Erfolg der »Erdbeerpflücker«-Thriller machte sie weit über die Grenzen des Jugendbuchs hinaus bekannt. Ihre Bücher wurden in mehr als 20 Sprachen übersetzt. »Die blauen und die grauen Tage« wurden mit Inge Meysel in der Hauptrolle verfilmt.

Mehr über die Autorin unter:

www.monikafeth-thriller.de
www.monika-feth.de
www.facebook.com/Monika.Feth.Schriftstellerin

Weitere lieferbare Bücher bei cbt:

Die »Erdbeerpflücker«-Thriller:

Der Erdbeerpflücker (Band 1, 30258)
Der Mädchenmaler (Band 2, 30193)
Der Scherbensammler (Band 3, 30339)
Der Schattengänger (Band 4, 30393)
Der Sommerfänger (Band 5, 30721)
Der Bilderwächter (Band 6, 30852)

Die »Romy«-Thriller:

Teufelsengel (Band 1, 30752)
Spiegelschatten (Band 2, 16114)

Das blaue Mädchen (30207)
Fee. Schwestern bleiben wir immer (30010)
Nele oder Das zweite Gesicht (30045)

Monika Feth

Die blauen und die grauen Tage

cbt

Kinder- und Jugendbuchverlag
in der Verlagsgruppe Random House

MIX
Papier aus verantwortungsvollen Quellen
FSC® C014496

Verlagsgruppe Random House FSC® N001967
Das für dieses Buch verwendete
FSC®-zertifizierte Papier *Pamo House*
liefert Arctic Paper Mochenwangen GmbH.

1. Auflage
Erstmals als cbt Taschenbuch Oktober 2014
Neue, überarbeitete Ausgabe

Lektorat: Marion Schweitzer
Umschlagkonzeption: Geviert, Grafik & Typografie
unter Verwendung mehrerer Motive von Shutterstock
(Andrekart Photography , Yurchenko Yulia, ariman, WDG Photo)
he · Herstellung: kw
Satz: Buch-Werkstatt GmbH, Bad Aibling
Druck: GGP Media GmbH, Pößneck
ISBN: 978-3-570-30935-3
Printed in Germany

www.cbt-buecher.de

Vorwort

Demenz in Deutschland – die Schätzungen variieren. Es mögen zwei Millionen Demenzkranke sein in unserem Land, vielleicht mehr, vielleicht weniger – in den meisten Fällen sind zunächst Familienangehörige betroffen, die sich mit den Veränderungen der Persönlichkeit der alten Menschen auseinandersetzen müssen. Unsere Gesellschaft wird immer älter, sie bleibt dabei nicht gesund. So können wir für jeden von Demenz Befallenen mit einer Anzahl – häufig Vielzahl – von Menschen rechnen, deren Leben einschneidend beeinflusst wird durch die Verantwortung für diese besondere Form von »Anders«-Sein. Ich will das nicht aufrechnen – die Millionen potenzieren sich schnell.

Ein großer Teil davon sind Kinder und Jugendliche, die in ihrer ohnehin unübersichtlichen Umwelt mit dem zusätzlichen Quantum fehlender Verlässlichkeit der Großeltern-Generation umzugehen lernen müssen. An sie wendet sich dieses Buch. Es stellt die Beharrlichkeit eines kleinen Mädchens in Bezug auf die Vorurteile, auch die Ängste der Älteren gegenüber der »verwirrten« Großmutter dar. Die Fürsorge der einen Generation für die nächste wird umgedreht – das Kind nimmt das Schicksal der Oma in die Hand. Trotzdem wird die Katastrophe vermieden. Die Geschichte ist eine Metapher, an deren Ende alle Beteiligten mit dem Ausgang leben können.

Was sie besonders eindringlich zeigt, ist die Hoffnung: Es möge so gehen. Es möge in unserer von Terminen gejagten Welt ein Refugium der Ruhe für den Anspruch auf »Anders«-Sein geben. Das gibt es natürlich. Eine Unmenge von Lösungen, familiärer wie institutioneller Art, belegen, wie wir mit dem »Anders«-Sein umgehen. Das macht es nicht einfacher für die, die Verantwortung übernehmen. Es verletzt den Generationen-Vertrag, als von den Eltern auf die Nachkommen überliefert wurde, wie Fortschritt aussieht.

Dabei gab es auch früher schon dieses Phänomen, von dem wir heute reden. »Else, ich werde verrückt«, hat mein Großvater bei meiner Mutter geklagt, wenn er mal wieder orientierungslos durch sein eigenes Haus geirrt war. Das war 1946. Mir fällt das Märchen der Gebrüder Grimm ein, auch eine Metapher, und etwa 300 Jahre alt. Da geht es um ein Elternpaar, das den greisen Vater vom Tisch verbannt, weil der seine Suppe nicht mehr ohne zu kleckern essen kann. Als der alte Herr auch noch den Teller zerbricht, muss er in die Ecke. Woraufhin der Enkel einen Holznapf bastelt, aus dem die Eltern essen sollen, wenn der Junge groß ist.

Die Zeiten sind vorbei. Sagen wir. Dieses Buch soll helfen, dass diese Behauptung stimmt. Die Geschichte macht Spaß, die Verbrüderung zwischen Großmutter und Enkeltochter ist der Wirklichkeit abgelauscht. Die ältere, zickige Schwester mit ihrem Tagebuch-Tick wirkt ebenfalls authentisch, besinnt sich am Ende eines Besseren, ebenso wie die anderen Freunde, die sich auf die Oma einstellen. Hier ist nicht ein erhobener Zeigefinger am Werk, der sich der schwierigen Problematik des Generationenkonflikts widmet. Es geht nicht um die »Verwirrtheit« einer Großmutter. Es geht um die hartnäckige Liebe ihrer Enkelin und darum, dass eine solche Zuneigung nicht ohne positives Ergebnis bleibt.

Ein schönes Buch, ohne didaktische Aufdringlichkeit. Es erschien erstmals 1996, wurde im Jahr 2000 mit Inge Meysel verfilmt und gilt im Bereich Kinderbuch als Klassiker zum Thema. Die blauen und die grauen Tage werden als Begriff inzwischen bei Vorträgen und Ausstellungen, auch der Alzheimer Gesellschaft, stellvertretend für »Demenzerkrankung« benutzt – das ist plastisch, und jeder weiß, was gemeint ist. Ich kenne Kinder, die nach der Lektüre des Buches ihre jeweilige Befindlichkeit so beschreiben. Graue Tage stehen dann für »schlechte Laune« oder »Lass mich in Ruhe«.

Blau aber ist die Farbe der Zuversicht, des Erfolgs: Blau ist Mut zur Zukunft, Energie. Im Buch handelt es sich um ein lange vergessenes blaues Glas. Es funkelt in der Sonne, erzählt von dem neuen Leben, das jetzt begonnen hat. Jeder freut sich dran – die Botschaft ist klar: Mit Freunden an deiner Seite stolperst du weniger.

Wibke Bruhns
Schirmherrin der Deutschen Alzheimer Gesellschaft e. V.
Berlin, im April 2014

*Für meinen Sohn und seine Großeltern
und das Besondere zwischen ihnen.*

Sie waren immer noch nicht da. Still und irgendwie feierlich lag die Straße im Nachmittagslicht. Die Kelche der Tulpen in den Vorgärten waren weit geöffnet, Ginster und Rhododendron standen in voller Blüte, Vergissmeinnicht wuchs in dichten Büscheln. In den Gärten krakeelten die Vögel, im Blau darüber bauschten sich Wolken, alles war für Omas Ankunft bereit.

Evi schloss die Haustür. Sie schlenderte ins Wohnzimmer zurück, ließ sich in einen Sessel fallen und stöhnte vor sich hin.

Vera sah von ihrem Tagebuch auf und stieß gereizt den Atem aus.

»Bitte, Evi! Schneid dir die Fingernägel, wasch dir die Haare, mach Kopfstand, geh spazieren oder rüber zu Tom. Tu *irgendwas*! Aber hör auf mit diesem nervenden Herumtigern und Stöhnen. Wie soll man sich denn da konzentrieren?«

Evi stöhnte noch mal, jetzt erst recht.

Dieses blöde Tagebuch!

Vera war regelrecht süchtig danach. In jeder freien Minute kritzelte sie darin herum. Wenn sie ausnahmsweise mal nicht damit beschäftigt war, lag es hinter den Thrillern in ihrem Regal versteckt.

Als wär das noch für irgendwen ein Geheimnis!

Wahrscheinlich stand auch eine Menge über Oma drin. Vera hatte sich bis zuletzt erbittert dagegen gewehrt, sie aufzunehmen. Die Vorstellung, ihr Leben umkrempeln zu müssen, um mit einer alten, dazu noch verwirrten Frau zusammenzuleben, war ein Horror für sie.

Aber die Eltern hatten sich durchgesetzt.

Evi stöhnte ein letztes Mal, laut und vernehmlich, stand auf und ging in die Küche.

Diese Warterei machte sie fertig.

»Wo ist Vera?«, fragte ihre Mutter. Sie schüttete Kirschen in ein Sieb, um sie abtropfen zu lassen.

»Im Wohnzimmer«, sagte Evi. »Sie dichtet.«

»Sag ihr, sie soll den Tisch decken.« Mama steckte sich eine Kirsche in den Mund und leckte den Saft von den Fingern. »Und du könntest die Sahne schlagen.«

Sie öffnete die Kühlschranktür, zog einen Becher Sahne heraus und drückte ihn Evi in die Hand. Er war eiskalt. Die Härchen an Evis Armen richteten sich auf.

»Tisch decken!«, brüllte sie und begann, nach dem Mixer zu suchen.

Nichts in diesem Haushalt war da, wo es hingehörte. Die Eltern verbrachten viel zu wenig Zeit zu Hause, um auch nur eine Stunde davon an so unwesentliche Dinge wie Ordnung zu verschwenden.

Veras Gesicht zeigte deutlich, dass sie die Aufforderung, den Tisch zu decken, für eine Zumutung hielt. Sie wollte Schriftstellerin werden und hatte Besseres zu tun.

»Das gute Geschirr?«, fragte sie lahm.

»Natürlich.« Mama nahm sich noch eine Kirsche. »Heute ist doch ein besonderer Tag.«

Wortlos hob Vera das Blümchengeschirr aus dem Schrank. Evi hatte den Mixer inzwischen in der Vorratskammer entdeckt, wo er zwischen leeren Eierkartons und dem Bügeleisen ein ziemlich ereignisloses Leben fristete. Sie schlug die Sahne, füllte sie in eine Schale und steckte einen Löffel hinein.

Im Wohnzimmer schepperte es.

»Vera! Sei doch vorsichtig!« Mama griff nach den Topflappen, öffnete den Backofen und zog den duftenden, dampfenden Tortenboden heraus.

Evi trug die Sahne zum Esstisch im Wohnzimmer. Vera saß auf dem Sofa, wieder über ihr Tagebuch gebeugt. Evi öffnete die Terrassentür und ging in den Garten hinaus.

Jasper lag auf einem blauen Mooskissen und drückte die Blüten platt. Er begrüßte Evi mit einem gurrenden Laut und drehte sich träge auf den Rücken. Evi hockte sich neben ihn und kraulte ihm den Bauch. Jasper schloss die Augen bis auf einen schmalen Spalt und schnurrte.

»Oma kommt heute«, sagte Evi.

Jasper blinzelte sie grünäugig an. Das hatte sie ihm schon hundertmal erzählt. Wollüstig fuhr er die Krallen aus, zog sie wieder ein und schnurrte lauter.

Im Teich sprang ein Fisch. Kleine Wellen liefen über das Wasser und zitterten aus, bis die Oberfläche wieder glatt war wie ein dunkler Spiegel.

Jaspers Ohren waren dem Geräusch gefolgt, doch als es sich nicht wiederholte, beschloss er, sich nicht weiter darum zu kümmern.

Evi stand auf und sah sich um. Das Grün war noch zaghaft und unbestimmt, das Licht der Sonne weich. Der Teich erwachte nach dem langen Winter wieder zum Leben, aber es würde noch eine ganze Weile dauern, bis die großen Blätter der Seerose sich auf ihm ausbreiten würden.

Sie pflückte ein paar Traubenhyazinthen und Gänseblümchen und schlenderte zum Haus zurück. Jasper erhob sich vom zerknautschten Moos. Er gähnte, machte sich lang und heftete sich dann an ihre Fersen.

Evi steckte ihm immer Leckerbissen zu und es war höchste Zeit für eine Zwischenmahlzeit.

Die Sonne leuchtete das Wohnzimmer aus. Sacht wehte der Vorhang mit dem Luftzug.

Jasper blieb in der Tür stehen und überlegte, ob er die Schatten ein bisschen jagen sollte, aber Evi war schon in der Küche, aus der es verführerisch klapperte, knisterte und raschelte. Probehalber machte er einen Satz und gab dann doch den vielversprechenden Stimmen aus der Küche nach.

Evi legte die Blumen auf den Tisch, kratzte den Rest Sahne aus dem Topf und füllte ihn in den Futternapf.

Jasper schlabberte ihn gierig auf. In seine Ahnengalerie

musste sich irgendwann einmal ein Schwein verirrt haben, ein Hängebauchschwein, wenn man nach seinem Äußeren ging.

Evi suchte nach der blauen Vase und fand sie zwischen den Töpfen und Pfannen. Sie ließ Wasser einlaufen, gab die Blumen hinein und stellte die Vase auf den Esstisch.

Vera hatte eine weitere Seite mit ihrer großen, runden, eiligen Schrift bedeckt. Die elfte? Die zwölfte? Sie blätterte um und nahm sich die nächste vor.

Evi warf sich neben sie aufs Sofa.

Veras Füller kritzelte einen erschreckten Schnörkel.

»Mann! Pass doch auf!«

»'schuldigung.« Evi beugte sich vor. »Schlimm?«

Vera legte rasch die Hand auf die Seite. Evi sparte sich eine Bemerkung darüber. Sie war heute nicht zum Streiten aufgelegt.

»Dass dir immer was zum Aufschreiben einfällt«, sagte sie versöhnlich. Es gab nicht viele Gründe, ihre Schwester zu bewundern, aber für ihre andauernde Schreiblust bewunderte Evi sie wirklich.

Fünf dicke Tagebücher hatte Vera bereits vollgeschrieben, und das freiwillig. Sie lagen in ihrem Schrank, unter allem möglichen Krempel begraben.

Jasper kam aus der Küche, ließ sich auf dem sonnengefleckten Teppich nieder und putzte sich. Vera beobachtete ihn angewidert. Wenn sie die Nase rümpfte, sah sie nicht wie sechzehn aus, sondern mindestens schon wie siebzehn.

»Du hast ihm wieder was gegeben! Irgendwann wird dieser Kater noch an galoppierender Verfettung eingehen.«

»Es war nur ein klitzekleiner Rest Sahne«, verteidigte Evi ihn. »Er mag sie doch so g…«

»Stopf *ich* mich etwa mit allem voll, was ich mag?«

Veras Stimme klang wie die Stimme der Gefängniswärterin in dem amerikanischen Film, den Evi neulich mit Tom geguckt hatte. Da war den Gefangenen nach jahrelangen Schikanen endlich die Flucht gelungen. Evi hatte dabei ein halbes Päckchen Taschentücher nassgeheult.

Ihr Blick glitt über Veras Körper.

Arme und Beine schienen nur aus Muskeln und Sehnen zu bestehen. Die Handgelenke waren schmal, die Finger lang, schlank und gerade. Unter dem Sweatshirt zeichnete sich die Wirbelsäule ab. Nirgendwo war auch nur ein Gramm Fett zu viel.

Evi zog den Bauch ein.

Das Licht fiel auf Veras Kupferhaar, dass es schimmerte wie mit Gold bestäubt. Ihre Wangen hatten Aprikosenflaum.

Die Vor- und Nachteile waren zwischen ihnen ziemlich ungerecht verteilt. Vera hatte alle Vorzüge auf einmal abgekriegt, während Evi sämtliche Nachteile mit sich herumschleppen musste.

Sie fuhr sich mit den Fingern durchs Haar. Es war längst nicht so kräftig wie das von Vera, und es war auch nicht rot. Es war nicht blond, nicht braun und nicht schwarz. Wenn es überhaupt eine Farbe hatte, dann die von feuchtem, absolut nichtssagendem Sand.

Ihre Figur war ein wenig plump, die Eckzähne standen schief und waren schuld daran, dass sie nachts eine Zahnspange tragen musste.

Und dann ihre Füße!

Mindestens zwei Nummern zu groß geraten.

»Ist was?«

Selbst mit gerunzelter Stirn war Vera schön.

»Nö.« Evi stand auf, stieß die Hände in die Hosentaschen und verzog sich deprimiert in die Küche.

Mama hatte den Tortenboden mit den Kirschen belegt und verteilte nun den Tortenguss darauf. Evi sog den Duft von Obst und Kuchenteig tief ein und sah aus dem Fenster.

Nichts.

»Ich geh noch mal rüber zu Tom«, sagte sie. »Diese Warterei hält ja kein Mensch aus.«

»Hallo«, sagte Tom über die Schulter. »Ich dachte, deine Oma kommt.«

Er fütterte seine Fische mit getrockneten, stinkenden Flöhen. Evi atmete so flach wie möglich.

»Tut sie auch. Die Autobahn ist mal wieder verstopft.«

Die Fische kamen an die Oberfläche und schnappten rundmäulig nach dem Futter. Ihre Leiber waren wie aus Transparentpapier und schillerten in allen Farben.

Tom verschloss die Futterdose, stellte sie weg und wischte sich die Hände an der Hose ab. Er rückte seine Brille zurecht und kratzte sich im Nacken.

»Meine Mutter sagt, sie würd's nicht machen.«

Evi beobachtete, wie die Futterteilchen langsam zu Boden sanken.

»Was würd sie nicht machen?«

»Deine Oma ins Haus nehmen.«

»Muss sie ja auch nicht.«

»Sie sagt, deine Oma könnte ein Pflegefall werden.«

Vier große Fische jagten einen kleinen. Sie scheuchten ihn kreuz und quer durch den schaukelnden, schwebenden Wasserpflanzenwald, bis sie die Lust daran verloren.

»Quatsch«, sagte Evi.

»Aber sie spinnt ein bisschen, oder nicht?«

Wenn das jemand anders gesagt hätte, dann hätte Evi ihm jetzt eine geklebt.

»Sie ist höchstens manchmal ein bisschen … durcheinander. Vergisst, wo sie Sachen hingelegt hat und so. Passiert dir das nie?«

»Schon«, sagte Tom. »Nur …«

Die Jagd begann von vorn. Evi hob die Hand und steckte die Finger ins Wasser. Panisch stoben die Verfolger auseinander. Aber all die andern Fische auch.

»Spinnst du?« Tom konnte es nicht leiden, wenn man seine Lieblinge erschreckte.

»Klar«, sagte Evi ruhig. »Genau wie meine Oma.«

Sie schüttelte das Wasser ab, stand auf und ging zur Tür.

Tom kam ihr zuvor und legte schnell die Hand auf die Klinke. Seine Augen blinzelten hinter den starken Brillengläsern.

»So hab ich das doch nicht gemeint.«

»Dann sag's auch nicht so! Du kennst sie doch überhaupt nicht.«

»Okay, okay. Ich nehm's zurück.«

Evi zögerte einen Moment, bevor sie nickte.

Dann hörte sie die Hupe.

Papa hielt die Beifahrertür auf und Oma stieg aus. Evi hatte erwartet, dass sie sich verändert hätte. Dass sie alt und hinfällig wäre. Sie hatte sich die schrecklichsten Dinge ausgemalt: eingefallene Wangen, Tränensäcke und filziges Haar, löchrige Strümpfe, Sabbern und Kreischen und schließlich einen irren Blick, bei dem es einem kalt über den Rücken lief.

Und nun stand Oma da, nicht anders als in Evis Erinnerung, und breitete die Arme aus. Evi stürzte sich hinein und riss Oma beinah um.

Vera hielt ihr bloß steif die Wange hin.

Oma gab beiden einen schmatzenden Kuss.

»Ich freu mich«, sagte sie.

Oma blieb auf der Türschwelle stehen und schaute still in den sonnigen Raum. Lichtpunkte tanzten auf dem Boden und an den Wänden. Die Blätter der Weide vorm Haus zitterten leise. Alles schien in Bewegung zu sein.

»Wenn es dir zu hell ist«, sagte Evi rasch und machte schon eine Bewegung zum Fenster hin, »kann ich das Rollo runterlassen. Oder die Vorhänge zuziehen. Oder beides. Oder …«

Was redete sie denn da?

»Nein.« Oma hielt sie zurück. »Nein. Ich hab's gern, das Sonnenlicht.«

»Deine Möbel …«, plapperte Evi weiter und flatterte wie eine aufgeschreckte Motte im Zimmer umher. »Stehen sie so richtig? Wir haben geschoben und gerückt und probiert und …«

Alles sollte Oma gefallen.

Unbedingt.

Alles so sein, wie sie es sich wünschte. Damit sie wirklich blieb und es sich nicht doch noch anders überlegte.

Für immer, dachte Evi.

Das war eine lange Zeit.

Es fiel ihr schwer, daran zu glauben.

Oma betrat das Zimmer, betrachtete den Sessel, das Bett, den Tisch, die beiden Stühle. Sie fuhr mit der Hand über das matt glänzende Holz der alten Kommode, zog die Schublade des Nähtischs auf und schob sie wieder zu. Die Haut ihrer Hand war wie aus Pergament und mit Altersflecken bedeckt.

»Genau so hätte ich sie auch hingestellt.«

Gut.

Gut!

Doch etwas an der Art, wie Oma das gesagt hatte, stimmte nicht. Da war ein Unterton, ein Zögern, Zweifeln.

»Du kannst direkt in den Garten gucken.«

Einen Wimpernschlag später war Evi beim Fenster, riss es auf und beugte sich hinaus.

»Nicht mehr lange, und der Klatschmohn blüht«, sagte sie nach draußen, und ein Windstoß schnappte nach ihren Worten.

Mein Gott, dachte sie, ich tu ja so, als wär Oma noch nie bei uns gewesen. Sie weiß doch, wo der Garten ist.

Neben ihr, ganz nah, aber längst nicht nah genug, beugte Oma sich ebenfalls aus dem Fenster.

Unter den Obstbäumen lag ein Rieselteppich aus weißen und rosafarbenen Blütenblättern. Drosseln scharrten im Rosenbeet und warfen die schwarze Erde auf. Ein Schwall von Fliederduft stieg Evi in die Nase.

Warum sagte Oma nichts?

»Einen Teich haben wir jetzt auch.«

Sie zeigte eifrig nach unten, als hätte Oma nicht selbst Augen im Kopf.

»Wir haben Moderlieschen reingesetzt. Und Posthornschnecken. Zuerst waren es nur drei, die Schnecken mein ich. Heute sind es bestimmt schon dreißig oder vierzig oder sogar noch mehr. Man kann sie schlecht zählen.«

Sie holte Luft.

»Die Moderlieschen laichen gerade. Weißt du, dass sie ihre Eier um die Stängel von den Wasserpflanzen legen? Und dass sie …«

Von unten rief Mama zum Tee.

Sie richteten sich auf und sahen sich an. Omas Lippen probierten ein Lächeln und schafften es nicht.

Evis Herz sackte ein Stück.

Jetzt schnell raus hier. Raus und nach unten, bevor Oma sagen konnte …

»Das ist doch dein Zimmer«, sagte Oma.

Die Erleichterung floss Evi bis in die Fingerspitzen. Das war es also. Nur das!

»Und ich dachte schon, es gefällt dir nicht!«

So musste sich eine Schneeflocke fühlen, klar und leicht und windhauchkühl.

Irgendwo draußen wurde ein Rasenmäher angeworfen. Der Motor brauchte vier Anläufe, bis er dunkel und gleichmäßig tuckerte.

»Evi?«

Oma wartete immer noch auf eine Antwort.

»Jetzt nicht mehr«, sagte Evi. »Ich bin ins Gästezimmer umgezogen, das ist kleiner. Deine Möbel hätten nicht reingepasst.«

Sie schwebte immer noch.

»Das kann ich unmöglich annehmen, Kind.«

Evi schloss das Fenster. »Es gefällt dir doch?«

Sie wippte auf den Zehenspitzen, sie konnte nicht anders. Ihre Füße waren verrückt geworden.

»Ob es mir …« Oma fasste sie an den Schultern und hielt sie fest. »Natürlich gefällt es mir! Aber …«

»Das kleine Zimmer ist sowieso viel gemütlicher«, sprudelte es aus Evi heraus. »Außerdem liegt es zur Straße und da draußen ist immer was los.«

Das war eine glatte Lüge. Vorm Haus passierte nie etwas. Es stand in einer abgelegenen, schläfrigen Seitenstraße, die an einem unbebauten Grundstück endete. Nur die Nachbarn ließen sich blicken, die Briefträgerin, der Schornsteinfeger und ab und zu ein Handwerker oder Lieferant. Vielleicht verirrte sich mal ein Spaziergänger mit seinem Hund hierher, ließ ihn auf das verwilderte Grundstück pinkeln und drehte wieder um.

Aufregend war es hier wahrhaftig nicht.

In Omas Augen glitzerte es verdächtig.

Evi machte sich von ihr los und tänzelte, schwebte, flog zur Tür.

»Komm! Wir müssen uns beeilen, sonst verputzen die andern die Torte noch ohne uns.«

Jasper umkreiste Omas Reisetasche auf der Suche nach einer Öffnung. Offenbar tat er das schon seit einer geraumen Weile ergebnislos, denn er schlug verärgert mit dem Schwanz.

»Na, mein Alter?«

Oma bückte sich, um ihn zu streicheln. Jasper glitt unter ihrer Hand weg. Er warf Oma und der Reisetasche einen letzten, bösen Blick zu, trottete zum Sofa, sprang hinauf und rollte sich zusammen. Ob er mit jemandem Freundschaft schloss oder nicht, das entschied immer noch er selbst. Und er selbst wählte auch den Zeitpunkt dafür aus.

»Ein Stück Torte, Mutter?«

Papas Gesicht war grau von Müdigkeit. Er hasste Autofahren und die lange Fahrt hatte ihn angestrengt.

»Gern.« Oma hielt ihm ihren Teller hin.

Mama schenkte Tee ein. Oma nahm reichlich von der Sahne. Evi tat es ihr nach und begrub ihr Tortenstück unter einem wahren Sahnegebirge.

»Sahne macht fett«, bemerkte Vera und spießte zierlich ein Kirschlein auf. Sie hatte ein ausgesprochenes Talent, im passenden Augenblick das Unpassende von sich zu geben.

»Und wenn schon«, sagte Oma gleichmütig.

Evi begnügte sich damit, sich freundlich an die Stirn zu tippen. Papa schimpfte über den Stau, in dem sie festgesteckt hatten. Die Kuchengabeln klapperten auf den Tellern. Der Tee dampfte in den Tassen. Von der Kerzenflamme stieg steil eine dünne Rauchfahne auf. Eine Fliege summte am Fenster entlang.

Jetzt sind wir eine Großfamilie, dachte Evi und drehte und wendete das Wort genüsslich im Kopf.

Großfamilie.

Wenn sie je auf die Idee käme, Wörter zu sammeln, würde sie mit diesem beginnen.

»Da bin ich also«, sagte Oma und wischte sich den Mund.

Mama lachte. »Du scheinst darüber erstaunt zu sein.«

Oma ließ den Blick durchs Zimmer wandern. Plötzlich sah sie Papa sehr ähnlich.

»Das bin ich wirklich. Monatelang hab ich mich darauf vorbereitet und nun kann ich es nicht glauben.«

»Ich auch nicht.« Evi kniff sich in die Wange. Es tat weh. »Aber es stimmt.«

Alle nahmen ein zweites Stück Torte, außer Vera natürlich. Sie hatte die Kirschen abgegessen und pikste nun Muster in den rosig verfärbten, glibbrigen Teig. Unter ihren langen Wimpern hervor sah sie Oma an.

»Wo sind eigentlich deine Möbel?«

»Die hab ich verschenkt«, antwortete Oma.

»Verschenkt?« Entgeistert ließ Vera die Kuchengabel sinken. »Du hättest sie doch verkaufen können!«

Oma klaubte einen Kirschkern aus dem Mund und legte ihn am Tellerrand ab. »Die Leute, denen ich sie geschenkt habe, hätten sie nicht bezahlen können. Der Mann hat gerade seine Arbeit verloren.«

»Und das Klavier?« Vera hielt die Kuchengabel wie eine Pistole auf Oma gerichtet.

»Das hat der Sohn von meinen Nachbarn bekommen. Er hat immer für mich eingekauft, wenn ich nicht auf dem Damm war, und jedes Mal hat er sich danach ans Klavier gesetzt und sich selbst kleine Melodien beigebracht. Du hättest ihn dabei sehen sollen. Er war wie … verzaubert.«

»Verschenkt«, murmelte Vera. »Ich fass es nicht.«

»Vera!«, sagte Mama scharf.

Oma rollte den glatten, seidigen Kirschkern nachdenklich auf ihrem Teller hin und her.

»Vielleicht hätte *ich* es ja gern gehabt«, nölte Vera. »Vielleicht wär *ich* ja auch gern gefragt worden, bevor …«

Oma legte ihr die Hand auf den Arm. »Aber du hast doch ein Klavier, Vera. Der Junge hatte keins.«

Vera zog den Arm weg und hob ihre Tasse. »Kann ich noch Tee haben?«

Von da an hielt sie den Mund, und das war gut so. Evi hatte schon Schwung geholt, um ihr unterm Tisch einen kräftigen Tritt zu verpassen.

Nachdem sie die ersten Neuigkeiten ausgetauscht hatten, holte Oma die Reisetasche aus dem Flur. Kaum hatte sie den Reißverschluss aufgezurrt, stand Jasper neben ihr.

Jetzt war die Zeit gekommen, mit der alten Dame Freundschaft zu schließen. Den Schwanz steil aufgerichtet, strich er Oma um die Beine, rieb den Kopf an ihren Armen und beobachtete dabei aufmerksam ihre Hände, die lauter Päckchen aus der Tasche zogen.

»Tut mir leid, mein Lieber«, sagte Oma. »An dich habe ich

gar nicht gedacht, sonst hätte ich dir natürlich auch was mitgebracht.«

Jasper machte einen Satz und verschwand bis zum Bauch in der Tasche, um sie endlich gründlich zu erforschen.

»Jasper! Raus da!« Mama drohte ihm mit dem Zeigefinger, ein Mittel, das manchmal wirkte und manchmal nicht.

Heute wirkte es nicht. Jasper legte die Ohren an, fauchte und ging auf Tauchstation.

Oma verteilte die Geschenke. Für die Eltern hatte sie die kleine Standuhr aus Kirschholz mitgebracht, die noch von ihren Eltern stammte. Das Zifferblatt hatte Stockflecken, das Holz einen dunklen rötlichen Schimmer.

Vera bekam ein Tagebuch. Es war fast so groß wie Evis Atlas und in silbergrauen Brokat eingebunden, auf dem sich blasse Blumen ineinander verschlangen. So etwas Kostbares hatte sie noch nie besessen. Ihre Tagebücher waren sämtlich Sonderangebote gewesen, klein und quadratisch. Auf ihren Seiten war wenig Platz. Dieses hier war der pure Luxus.

»Habe ich deinen Geschmack getroffen?«

»Es ist … der Wahnsinn!«

Vera schob ihren Stuhl zurück, presste das Tagebuch an die Brust und ging wie eine Schlafwandlerin zur Tür. Schon fast draußen, drehte sie sich um.

»Danke.«

Und sie verschwand in ihrem Zimmer. Es war das erste freundliche Wort, das sie an Oma gerichtet hatte, und selbst das hatte noch kühl geklungen.

Evis Geschenk war eine Schatulle aus geschnitztem Holz, die Evi sehr gut kannte. Sie hatte in Omas Wohnung auf dem Vertiko gestanden. Evi klappte den Deckel auf, hörte das vertraute Rasseln und dann die feine, etwas atemlose Melodie.

Jasper hob den Kopf aus der Reisetasche und horchte. Evi klappte den Deckel zu und wieder auf. Wie oft hatte sie als kleines Kind versucht, diese Spieluhr zu überlisten! Den Deckel zu öffnen, ohne die Töne zu wecken.

Es war ihr nie gelungen.

Oma krempelte die Ärmel hoch. »Und nun mach ich mich ans Auspacken. Hilfst du mir, Evi?«

Sie waren auf halber Treppe, als aus Veras Zimmer Musik zu dröhnen begann. Vera ließ sich ständig berieseln. Sie behauptete, ohne Musik nicht lernen, ja nicht mal denken zu können. Bei diesem Lärm mussten ihre Gedanken gewaltig sein. Oma blieb stehen und hielt sich am Geländer fest.

»*Perfect world*!«, brüllte Evi ihr ins Ohr. »Von Simple Plan!«

»Simple Plan?« Omas Stimme machte einen Kiekser.

»Ich mag Coldplay lieber!« Evi wartete eine ruhigere Stelle ab. »Und ganz besonders Rihanna und Adele!«

»Rihanna?«

O Gott. Oma musste noch viel lernen.

Die Bässe hämmerten und pulsten. Evi fühlte, wie die Holzstufen unter ihren Füßen vibrierten, als liefe Strom durch sie hindurch. Oma setzte sich vorsichtig in Bewegung, sie sah noch immer ganz erschrocken aus.

»Vera!«, brüllte Papa von unten. »Geht's nicht noch ein bisschen lauter?«

Natürlich hörte Vera ihn nicht, dazu hätte sie schon Jaspers Ohren haben müssen. Evi pochte gegen ihre Tür.

Es dauerte einen Augenblick und die Musik wurde leiser.

»Coldplay«, murmelte Oma. »Rihanna.« Sie blieb vor Veras Tür stehen und lauschte, den Kopf zur Seite geneigt, vorsichtig, als sei die Musik ein Tier, das sie unvermutet aus dem Hinterhalt anspringen könnte.

»Bring ich dir alles bei, wenn du willst«, versprach Evi.

»Mein Englisch ist saumäßig«, sagte Oma.

Die Sonne hatte das Zimmer stark erwärmt. Oma kippte das Fenster. Sie rieb sich die Hände. »Nun denn«, sagte sie mit tiefer, schleppender Stimme, als stünde sie auf einer Theaterbühne, »frrrisch ans Werrrk!«

Auf der Treppe rumpelte und polterte es. Wenig später stieß Papa die Tür auf und bugsierte Omas Gepäck herein.

Die vorausgeschickten Umzugskartons hatte er schon am Tag zuvor vom Speicher geholt. Sie standen aufeinandergestapelt im Flur. Es waren braune Faltkartons, die Oma mit Filzstift beschriftet hatte.

HÜTE, stand darauf, BÜCHER, SCHUHE, BETTZEUG.

Papa stellte die Koffer ab. »Braucht ihr Hilfe?«

Oma sah Evi an. In ihren Augen blitzte es übermütig. »Brauchen wir Hilfe?«

»Nö«, sagte Evi. »Wir doch nicht.«

Das war Papa offenbar ganz lieb, denn nachdem er den Rest gebracht hatte, machte er schleunigst wieder kehrt und stieg pfeifend die Treppe runter.

Oma hielt jedes Kleidungsstück eine Weile in der Hand und schaute prüfend umher, als müsse sie sich erst für einen geeigneten Platz entscheiden. Dabei gab es nur zwei Möglichkeiten: den Schrank oder die Kommode.

Sie hob Wäsche aus dem Koffer, Nachthemden, Strümpfe, grub Pulli aus, Röcke, Blusen und Schals, ging hin und her, nahm das eine oder andere auf und ließ es unschlüssig wieder fallen.

Dann zog sie einen der Kartons herein und vergaß Koffer und Kleiderstapel.

»Schau mal.« Sie legte Evi einen Morgenrock aus schillernder Seide über den Arm. Er war mit exotischen Pflanzen bedruckt und mit leuchtenden Paradiesvögeln, die ihre langen Hälse verdrehten. »Den hat Opa mir geschenkt. Ein verrücktes Ding, was?«

Evi nickte und schüttelte gleich darauf den Kopf. Die meisten Sachen von Oma hätte man als *verrückt* bezeichnen können. Ihre Flatterblusen und Schlabberhosen, den Poncho, die abgefahrenen Hüte, die sie aus einem zweiten Karton hervorzauberte. Erst recht die quietschbunten Schuhe aus Leder und Leinen, sogar aus Fischschuppenhaut.

Toms Oma würde so etwas bestimmt niemals tragen. Überhaupt keine Frau, die Evi kannte.

»Aber ich bin ja auch ein verrücktes altes Weib.«

Evi zuckte zusammen, doch Oma hatte sich wohl nichts dabei gedacht. Ihr Gesicht war heiter und gelöst, die Lippen waren leicht geöffnet, ab und zu schaute die Zungenspitze hervor, wie bei Vera, wenn sie schrieb.

Oma breitete einen schmalen Spitzenläufer auf der Kommode aus und stellte eine gerahmte Fotografie darauf. Das Foto zeigte Opa mit seinem Spazierstock vor einem See.

»Solange er bei mir ist«, sagte Oma, »fühle ich mich nirgends so richtig fremd.«

Sie blieb einen Moment lang vor dem Foto stehen, warf dann die Arme hoch und schaute sich in komischer Verzweiflung in dem Chaos um, das sie angerichtet hatte.

Jetzt erst schien sie den Strauß auf dem Tisch zu bemerken. Ginsterzweige, an denen die Blüten wie winzige Sonnen leuchteten.

»Opa hat mir jeden Tag Blumen mitgebracht. Er hat sie überall gefunden, auf Wiesen, am Wegrand, zwischen Mauersteinen. Die ganze Wohnung duftete danach.«

Evi erinnerte sich gut an Opa. Eine tiefe, kehlige Stimme, ein mächtiger Bauch und ein kahler Kopf, der aussah wie poliert.

Evi hatte sich immer ein wenig vor ihm gefürchtet, diesem wortkargen, schroffen Mann, der mit Kindern nichts anzufangen wusste und schnell die Beherrschung verlor. Dass er Blumen am Wegrand gepflückt und aus Mauerritzen gezupft haben sollte, konnte sie sich beim besten Willen nicht vorstellen.

»Doch, doch«, sagte Oma, als hätte sie Evis Gedanken gelesen. »Ich hatte gar nicht genug Vasen für all die Sträuße, die er mir brachte.«

Evi sah Omas Wohnung vor sich. Es waren wirklich immer überall Blumen gewesen, Blumen und schräge, staubflimmernde Streifen von Licht. Sie erinnerte sich an die behaglich vollgestopften Zimmer, an Schalen getrockneter Blütenblätter auf Tischen und Fensterbänken und an Körbe, gefüllt mit Steinen aus dem Meer. In der Küche hatte immer ein Duft nach Kräutern, Zimt und Obst gelegen.

Auch an das kleine Nähzimmer mit der kopflosen Schneiderpuppe erinnerte Evi sich.

Opa hatte sie *Vogelscheuche* getauft. Ihr fehlte nicht nur der Kopf, es fehlten ihr auch Arme und Beine, und als Evi sie mit drei oder vier zum ersten Mal gesehen hatte, da war ihr ein kalter Schrecken über den Rücken gekrochen.

Stoffreste und Stecknadeln lagen auf dem Teppich verstreut. Die Kinder durften das Zimmer nie barfuß betreten.

Oma war Schneiderin gewesen. Mit sechzig hatte sie aufgehört und nur noch für wenige ausgesuchte Kundinnen gearbeitet.

Und nun ein Zimmerchen wie dieses hier, schlicht und praktisch eingerichtete Räume im übrigen Haus, keine Kundin mehr und kein Schwatz mit den Nachbarn, mit denen Oma ein halbes Leben lang Tür an Tür gewohnt hatte.

Wie sollte sie damit zurechtkommen?

Inzwischen kramte Oma in einem weiteren Karton. Sie wickelte Vasen aus Zeitungspapier, Kerzenhalter, zwei Specksteinskulpturen und eine Terracottafigur. Bedächtig verteilte sie die Sachen auf der Kommode und auf der Fensterbank. Danach räumte sie einen Teil der Kleidungsstücke ein und zog den zweiten Koffer heran.

Sie summte eine Melodie, die Evi von früher kannte. Opa hatte sie oft auf dem Klavier gespielt. Oma summte falsch, blieb immer haarscharf unter den Tönen.

Hinter ihr war der Himmel wie aus Zuckerguss. Grau umrandete Wolken dehnten sich auf dem blassen Rot, und weil Evi abergläubisch war, hielt sie das für ein gutes Omen.

Alles würde gut gehen. Oma würde sich erholen, und selbst Vera würde das sehen und nie wieder das Wort *Pflegeheim* in den Mund nehmen.

Evi hätte ewig so dastehen und Oma zugucken können, aber das war nicht die Hilfe, die sie versprochen hatte. Sie stieß sich vom Türrahmen ab.

»Soll ich die Bücher auspacken?«

Sie arbeiteten schweigend. Das Zimmer veränderte sich. Es nahm Omas Farben an. Wenn ein Karton leer war, faltete Evi ihn zusammen und trug ihn auf den Flur hinaus.

»Ich glaube«, sagte Oma, »jetzt fehlt nicht mehr viel.« Ihr Blick spazierte kritisch über die Wände. »Was meinst du, schaffen wir es noch, die Bilder aufzuhängen?«

Die Bilder warteten, sorgfältig verpackt, auf dem Speicher. Papa holte sie herunter. Dann besorgte er Nägel, Haken und einen Hammer.

Oma nahm ihm alles aus der Hand. »Danke, Bert. Den Rest schaffen wir allein.«

»Soll ich nicht lieber doch …«

»Nein, du sollst nicht!« Oma schob ihn zur Tür hinaus.

»Solange ich meine Finger noch bewegen kann, brauche ich ganz bestimmt keinen Mann, um einen Nagel einzuschlagen.«

Evi packte die Bilder aus. Oma lehnte sie gegen die Heizung, das Bett, den Schrank, um sich einen Überblick zu verschaffen. Mit zusammengekniffenen Augen, eine Hand unterm Kinn, suchte sie nach den besten Stellen an den Wänden.

Es waren Gemälde, auf denen man nichts erkennen konnte, keine Körper, keine Landschaft und kein Gesicht. Bloß Farbflecken und Linien.

Evi hob das erste Bild hoch und hielt es an die Wand. Oma dirigierte sie weiter nach rechts, wieder ein Stück nach links.

»Eine Idee tiefer«, sagte sie. »Jetzt eine Spur höher. Halt!«

Sie trieb den Nagel mit vier, fünf sicheren Schlägen ein, hängte das Bild auf, trat einige Schritte zurück und legte den Kopf schief.

»Männer«, sagte sie belustigt. »Die ändern sich in hundert Jahren nicht.«

Als sie fertig waren, sah Evi auf die Uhr. Vier Stunden waren wie im Flug vergangen. Sie merkte es nur daran, dass ihr Magen grummelnd nach Nahrung verlangte.

Es waren vor allem die vielen Kleinigkeiten, die das Zimmer gemütlich machten. Ein buntes Baumwolltuch, scheinbar achtlos über den Spiegel geworfen. Holzketten, die sich in einer Silberschale zusammenrollten. Ein Hut auf der Schulter der Vogelscheuche.

»Noch ein paar Pflanzen«, sagte Oma, »und ich bin hier beinah schon zu Hause.«

Beinah, dachte Evi, als sie zum Abendessen runtergingen. Sie nahm sich vor, alles zu tun, damit Oma dieses Wort vergaß.

»Ich hab gar nicht gewusst, dass Evi so arbeiten kann«, frotzelte Papa. »Im Allgemeinen verdrückt sie sich lieber und zeigt sich erst wieder, wenn alles fertig ist.«

»Genau.« Vera fischte die Zwiebelringe aus ihrem Salatschälchen und schichtete sie säuberlich auf ihrem Teller auf. »Und an mir bleibt alles hängen.«

Sie bettete zwei schwarze Oliven auf den Zwiebelberg und schob sich ein Stückchen Paprika in den Mund.

»Das hört sich ja an, als würdest *du* dich um die Arbeit reißen.« Mama langte über den Tisch und angelte die verschmähten Oliven und Zwiebeln von Veras Teller.

»Keine Zwiebeln heute?«, fragte Evi hämisch. »Triffst dich wohl noch mit dem lieben Roland, was?«

Vera schnitt ihr eine Grimasse.

»Du bist verabredet? Kommt überhaupt nicht infrage. Nicht an Omas erstem Abend.« Papa zeigte auf Veras Handy. »Ruf ihn an und sag ab.«

Vera warf Oma einen finsteren Blick zu und stocherte verdrossen in ihrem Salat.

Oma, die die ganze Zeit wie abwesend dagesessen hatte, schüttelte den Kopf. »Meinetwegen brauchst du nicht zu Hause zu bleiben«, sagte sie zu Vera. »Es war ein langer Tag für mich. Ich werde mich gleich nach dem Essen mit einem Buch ins Bett verkriechen.«

Unter ihren Augen lagen Schatten. »Ihr sollt nicht Rücksicht auf mich nehmen wie auf einen Besucher, denn ich bin ja nicht zu Besuch hier, sondern für immer.«

Eine Weile sagte niemand ein Wort.

Jeder schwieg aus anderen Gründen.

4

Es dauerte nicht lange und Oma hatte den gesamten Haushalt übernommen. Sie arbeitete langsam und legte häufig kleine Pausen ein, aber sie hatte alles im Griff.

»Tu doch nicht so viel«, sagte Mama zu ihr, halbherzig, denn sie gewöhnte sich nur zu gern an den bequemen Zustand und einen Haushalt, der endlich funktionierte. »Ruh dich aus. Mach dir das Leben schön.«

Oma sah sie an, als hätte man ihr vorgeschlagen, die Arme auszubreiten und um die Lampe zu fliegen oder sich in einen Mandelbaum zu verwandeln.

»Ein schönes Leben? Mit den Händen im Schoß?«

Schon früh um sechs war sie auf den Beinen und bereitete das Frühstück zu. Sie selbst trank meistens nur eine Tasse Kaffee. Um ihren Kreislauf auf Trab zu bringen, wie sie sagte. Erst gegen zehn, wenn alles aufgeräumt war, frühstückte sie auch.

Gegen halb acht ging Papa ins Büro, Mama in die Praxis, und Evi und Vera fuhren mit den Rädern zur Schule. Seit Oma bei ihnen war, gab es morgens keine Hast mehr und keine Engpässe in der Küche. Der Tisch war nicht mehr flüchtig und spartanisch gedeckt, sondern liebevoll und reichlich. Es gab

Müsli, Cornflakes, Brot und Käse. Kaffee, Tee oder Kakao. Und manchmal sogar frische Brötchen.

Wenn Evi und Vera mittags nach Hause kamen, stand das Essen auf dem Tisch, und sie mussten nicht, wie früher, aufwärmen, was ihnen Mama am Abend zuvor hingestellt hatte.

Unter Omas Händen blühte alles auf. Die bisher vor sich hin kümmernden Zimmerpflanzen erholten sich, selbst die traurige, nackte Zimmerlinde trieb neue Blätter aus.

Oma vergaß nie, den Pflanzen Wasser zu geben, und dabei redete sie mit ihnen wie mit alten Freunden.

Sie hatte die verwahrlosten Terrassenkübel mit Malven und Glockenblumen bepflanzt und dem Klatschmohn mit seinen schweren Blütenköpfen Halt gegeben, indem sie ihn festgebunden hatte. Neben dem Geräteschuppen hatte sie ein Kräuterbeet angelegt mit Basilikum und Bohnenkraut, Salbei, Dill und Thymian, und die Balkonkästen flossen über von Pelargonien, Elfengold und Männertreu.

Oma wusch und bügelte. Sie kochte, backte, kaufte ein. Und brachte ganz nebenbei Ordnung in die Schränke. Jedes Ding erhielt seinen Platz und war dort auch zu finden.

Bald schien es Evi, als hätten sie nie anders gelebt.

Die Wiesen waren übersät mit dem durchsichtigen Flaum des Löwenzahns, Bärenklau wuchs hoch am Rand der Wege, und Jasper bewachte den Teich, über den rot, blau und grün die Libellen schwirrten.

Ab und zu erlegte er eine und trug sie stolzgeschwellt ins

Haus, wo er sie irgendwo versteckte, damit sie ihm nicht abgenommen wurde. Sie lagen überall. Auf der Waage im Bad. Unterm Bettzeug. Im Regal.

Evi hatte nicht gewusst, dass es so viele Arten von Libellen gibt. Oma nannte ihre Namen. Sie klangen, als wären es Wörter aus einem Gedicht.

Königslibelle. Schönjungfer. Adonislibelle. Zweigestreifte Quelljungfer.

Smaragdlibelle.

»Plattbauch«, sagte Oma. Evi sah zu Jasper hinüber.

»Nein.« Oma lachte. »Doch nicht Jasper! Plattbauch ist auch eine Libellenart.«

Als Jasper seinen Namen hörte, wandte er den Kopf. Sie hatten längst Freundschaft geschlossen, Oma und er. Für immer, dachte Evi. Allmählich glaubte sie daran.

Auch Tom glaubte daran. Er hatte Oma kennengelernt und sie auf Anhieb gemocht.

»Hammerfrau«, hatte er später zu Evi gesagt. Es war das größte Kompliment, das er vergab.

Oma war es umgekehrt ebenso ergangen. Sie hatte Tom auf den ersten Blick ins Herz geschlossen. »Feiner Kerl«, hatte sie Evi in der Küche zugeflüstert und ihr den Teller mit den Erdbeertörtchen in die Hand gedrückt.

Der *feine Kerl* war höchst unfein über die Törtchen hergefallen, und die *Hammerfrau* hatte ihm schmunzelnd beim Essen zugeschaut.

Evi hatte sich erleichtert zurückgelehnt.

Warum hatte sie sich vor diesem Treffen nur so gefürchtet? Es war ganz unnötig gewesen. Ebenso wie die Befürchtungen der Eltern und Veras Horrorvisionen.

Alles war einfach und leicht.

»Viel einfacher und leichter, als ihr gedacht habt«, beharrte Evi. »Gib's zu, Oma ist wie immer. Sie ist kein bisschen ... verwirrt.«

Vera stand vor dem Badezimmerspiegel und versuchte, sich einen Pickel am Kinn auszudrücken.

»Mach dir nichts vor«, murmelte sie. »Glänzende Oberfläche, wunderbar, aber darunter ist sie eine hilflose alte Frau.«

Ihr Kinn glühte und der Pickel war immer noch da. Sie stieß einen Fluch aus und kühlte die misshandelte Haut mit einem kalten Waschlappen.

Evi dachte an Omas ansteckendes Lachen und ihre kräftigen Hände. Wie konnte jemand mit einem solche Lachen und solchen Händen hilflos sein?

Vera tränkte einen Wattebausch mit Gesichtswasser und betupfte sich damit das Kinn. Sie verzog schmerzlich den Mund und sog zischend Luft durch die Zähne.

»Guck dir das an!« Sie beugte sich zum Spiegel vor. »Damit kann ich mich unmöglich zeigen!«

»Dann hör doch auf, daran herumzuquetschen.«

Vera schenkte ihr einen ihrer müden Davon-hast-du-noch-keine-Ahnung-Blicke und widmete sich wieder ihrem Spiegelbild.

»Wenigstens brauchen wir heute Abend kein Licht.« Evi zog sich vorsichtshalber zwei Schritte in den Flur zurück. »Du leuchtest uns im Dunkeln.«

Der nasse Waschlappen verfehlte sie nur knapp. Er klatschte gegen das Treppengeländer und fiel zu Boden wie ein abgeschossener Vogel.

Veras Haut schwoll ab, der Abend kam und mit ihm Tom, den Oma zum Essen eingeladen hatte. Doch Oma war nicht da.

Tom hatte ihr einen Topf Margeriten mitgebracht und nun wurde er ihn nicht los. Verlegen stand er im Wohnzimmer, die Margeriten mal in der einen, mal in der andern Hand.

Niemand kümmerte sich um ihn.

»Sie hatte nichts vor«, sagte Mama beunruhigt. »Jedenfalls weiß ich nichts davon.«

Papa saß auf dem Sofa, die Beine übereinandergeschlagen, und wippte nervös mit dem Fuß. Evi lief zur Haustür, weil sie glaubte, etwas gehört zu haben. Sie hatte das schon viermal geglaubt.

Als sie zurückkam, stolperte sie über die Teppichkante und fing sich an Veras Sessellehne ab.

Vera klappte ihr Tagebuch zu. An Schreiben war bei diesem Durcheinander sowieso nicht zu denken. »Vielleicht ist sie beim Arzt.«

Papa sah auf die Uhr. »Um halb acht?«

Evi befreite Tom endlich von den Margeriten und stellte sie

auf den Tisch. »Sie hat auch nicht gekocht. Dabei wollte sie Labskaus machen, weil Tom das noch nie gegess…«

»Labskaus!« Vera schauderte.

Sie warteten.

Das Haus wurde groß und still.

Schließlich rafften sie sich auf, ein Abendessen zurechtzumachen. Tom, froh darüber, etwas zu tun zu haben, half, den Tisch zu decken.

»Tut mir leid, Tom«, sagte Mama. »Wir hatten uns den Abend auch anders vorgestellt.« Sie drehte sich zu Papa um. »Meinst du nicht, du solltest vorsichtshalber doch den Arzt …«

Papa zog sein Handy aus der Tasche.

Oma war nicht in der Praxis gewesen.

»Ja«, hörten sie Papa sagen. »Den Eindruck hatte ich eigentlich auch. Nein, nicht das geringste Anzeichen … Wird uns wohl nichts anderes übrig bleiben … Ja. Ich danke Ihnen. Und entschuldigen Sie die Störung.«

»Und?«, fragte Mama.

»Er meint, wir sollen uns keine Sorgen machen. Ihr Allgemeinzustand sei im Augenblick recht stabil.«

»Was soll das heißen, ihr Allgemeinzustand ist stabil?«

Die Wörter gefielen Evi nicht.

»Dass es Oma im großen Ganzen gut geht«, übersetzte Mama, den Blick starr auf die Tür gerichtet, als könne sie Oma auf diese Weise zwingen, hereinzuspazieren, *schönen guten Abend, hier bin ich, alles in Ordnung*.

»Klar geht's ihr gut.«

Evi mochte auch das *große Ganze* nicht. Sie zündete das Teelicht im Stövchen an. »Um das zu wissen, brauchen wir keinen Arzt. Ihr braucht sie doch bloß anzugucken.«

Sie setzten sich an den Tisch. Keiner außer Tom hatte Appetit. Trotzdem aßen sie, vielleicht um sich damit zu beruhigen. Sie taten so, als sei an diesem Abendessen nichts Ungewöhnliches, und vermieden es, den leeren Stuhl und das unbenutzte Gedeck anzuschauen.

Tom nahm sich die fünfte Scheibe Toast, bestrich sie dick mit Butter und biss krachend hinein. Vera, die an einer trockenen Scheibe Schwarzbrot knabberte, sah ihm mit leisem Abscheu zu.

»Das regt meine Gedanken an«, erklärte Tom mit vollem Mund. »Wir müssen überlegen, wo wir sie finden können.«

Papa drehte die viel zu kleine Teetasse in den viel zu großen Händen. »Sie kam mir schon heute Morgen ein bisschen eigenartig vor.«

Mama schob das Messer auf ihrem leeren Teller hin und her. Das Geräusch zerrte an Evis Nerven. »Unsinn. Das bildest du dir ein, Bert. Sie war nicht anders als sonst. Wenn etwas passiert, dann denkt man hinterher immer, es hätte Anzeichen …« Sie biss sich auf die Lippe.

Wenn etwas passiert … Wenn etwas passiert … echote es in Evis Kopf.

»Vielleicht ist sie ins Kino gegangen?«

Vera glaubte selbst nicht daran. Gedankenverloren kratzte sie an ihrem Pickel. Die gereizte Haut flammte sofort wieder auf.

»Ohne uns etwas zu sagen? Oder eine Nachricht zu hinterlassen?« Mama schob weiter das Messer hin und her.

»Am besten, wir gehen alle los und suchen sie«, schlug Tom vor. Er hatte den letzten Toast verputzt und leckte sich die Finger ab. »Sie muss doch Lieblingsplätze haben, wo sie sich auskennt, und …«

»Oma kennt sich nicht aus«, unterbrach Vera ihn. »Sie hat sich zuletzt nicht mal in ihrer eigenen Wohnung ausgekannt. Einmal hat eine Nachbarin sie im Keller getroffen. Oma stand mit dem Wohnungsschlüssel vor der Kellertür und wunderte sich, dass er nicht ins Schloss passte.«

»Das war früher«, fauchte Evi sie an. »Lass endlich die alten Geschichten!«

»Früher? Alte Geschichten?« Vera hob die frisch gezupften Augenbrauen. »Das ist gerade mal ein paar Wochen her.«

Evi schob ihren Stuhl zurück. »Tom und ich gehen sie jedenfalls jetzt suchen. Irgendwo muss sie ja stecken.«

»Genauso gut könntest du eine Nadel in einem Heuhaufen suchen«, sagte Vera. »Ziemlich aussichtslos, wenn du mich fragst.«

»Dich fragt aber keiner!« Wütend zog Evi Tom vom Stuhl.

»Es ist fast zehn, Evi.« Mama hatte ihr Migränegesicht. Sie bekam oft Kopfschmerzen, besonders, wenn sie angespannt war.

»Ich bin doch bei ihr.« Tom streckte sich, damit er größer wirkte.

Fehlt nur noch, dass er sich auf die Zehenspitzen stellt, dachte Evi. Der Ritter mit der schwarzen Maske.

»Noch so'n Spruch«, sagte sie zu ihm, »und ich geh alleine.«

Mama verließ das Zimmer und kam mit ihrem Laptop zurück. »Ich rufe die Krankenhäuser an. Vielleicht ist sie … vielleicht hat man sie …«

Es dauerte eine Weile, bis Evi begriff.

Sie betete nur in Notlagen. Das hier war eine, die schlimmste, in der sie sich jemals befunden hatte.

Bitte, dachte sie, bitte, bitte! Oma darf nichts passiert sein!

»Ich hab's gewusst«, murmelte Vera. »Ich hab's euch gesagt.« Sie streckte das entzündete Kinn vor. Es sah aus, als hätten sich Moskitos darüber hergemacht. »Sie gehört unter Aufsicht.«

Niemand erwiderte etwas darauf.

»Tom hat recht«, sagte Papa zu Evi. »Ihr nehmt euch die nähere Umgebung vor. Vera und ich fahren mit dem Wagen die Straßen im weiteren Umkreis ab. Eure Mutter bleibt hier, falls Oma in der Zwischenzeit nach Hause kommen sollte.«

Vera stand auf. Es war das erste Mal, dass sie das Haus verließ, ohne vorher ihr Tagebuch in Sicherheit zu bringen.

Es nieselte. Der Himmel hing tief und die Luft war kühl. Jasper kam meckernd unter dem Haselnussstrauch der Nachbarn hervor. Evi hob ihn auf und trug ihn ins Haus.

»Tut mir leid«, sagte sie, »um dich kann ich mich jetzt nicht kümmern.« Sie setzte ihn ab. Jasper schüttelte angeekelt eine nasse Pfote, leckte sie und suchte Trost und Wärme in der Küche.

»Und wo, edler Ritter, fangen wir mit unserer Suche an?«, fragte Evi, als sie wieder neben Tom stand.

Tom zog einen Zipfel seines T-Shirts unter der Jacke hervor und putzte seine Brille. »Ich hab's kapiert. Du kannst aufhören damit«, knurrte er.

Ohne Brille sah er schutzlos aus und sehr verletzlich. Er kniff die kurzsichtigen Augen zusammen und sah Evi gekränkt an.

»Bei den Geschäften, in denen sie immer einkauft«, schlug Evi vor, und sie machten sich auf den Weg.

In jede Straße spähten sie hinein, in jede Gasse, jeden Hauseingang und jeden Hof. Sie gingen an der Metzgerei vorbei und am Tante-Emma-Laden, an der Bäckerei und am türkischen Imbiss. Am Frisörshop, dem Handarbeitsladen, dem Tapetengeschäft. Danach durchstreiften sie das Einkaufszentrum.

Vergebens.

Als Letztes blieb nur noch der Kiosk.

Frau Bieser schob die Glasscheibe auf und beugte sich zu ihnen heraus. Wie Tom trug sie eine Brille, aber eine, die ihre Augen groß und verschwommen wirken ließ.

»So spät noch unterwegs?«

»Wir suchen Oma«, sagte Evi. »Haben Sie sie gesehn?«

Frau Bieser überlegte. Ihre großen Augen schienen noch größer zu werden. »Heute Nachmittag, so gegen vier. Sie hat ihre Zeitschrift abgeholt und wir haben ein bisschen geredet. Ich hab ja gar nicht gewusst, dass sie früher Schneiderin …« Sie verstummte und vergaß, den Mund zu schließen. »Du sagst, ihr sucht sie? Ja, ist sie denn verschwunden?«

Evi nickte kläglich.

»Ach du liebe Güte …« Frau Bieser strich sich mit ihren kurzen, dicken Fingern durch das kräftige Haar. »Ich will mich gerne umhören. Wenn ich was rauskriege, rufe ich an.«

Der Regen wurde stärker. Tom streifte sich die Kapuze über den Kopf. Evi hatte eine Jacke ohne Kapuze an. Sie spürte, wie ihr feine Rinnsale in den Nacken liefen, und zog den Kragen dicht um den Hals.

»Hoffentlich ist Oma wenigstens im Trocknen.«

Seit über einer Stunde waren sie jetzt unterwegs und hatten sie nicht gefunden. Dunkelheit war auf die Straßen gesickert und hatte die Umrisse der Häuser ausradiert. Um die Laternen hing Dunst.

Sie waren am Bahnhofsviertel angelangt.

Evi fror. Sie rieb sich über das nasse Gesicht.

»Komm«, sagte Tom. »Wir stellen uns im Bahnhof unter, bis der Regen nachgelassen hat. Und dann gehen wir zurück. Wir müssen uns was anderes ausdenken.«

Evi war einverstanden. Sie hatte nur noch das Bedürfnis, für eine Weile ins Warme zu kommen.

Verbrauchte Luft schlug ihnen entgegen, als sie die Bahnhofshalle durch die ächzende Drehtür betraten. Es roch nach Zigarettenrauch und nach Schweiß, nach Schmutz und Urin und nach Pizza, die von einem Pizzabäcker hinter einer fleckigen Glasscheibe zubereitet wurde. Über Lautsprecher wurden die nächsten Verbindungen angesagt und bald darauf fuhr draußen mit quietschenden Bremsen eine Regionalbahn ein.

Menschen kamen vom Bahnsteig in die Halle, füllten sie mit Stimmengewirr und Gelächter und traten auf der anderen Seite auf die Straße hinaus.

Evi lehnte sich gegen die Wand, suchte nach einem Taschentuch, fand keins und zog den Rotz hoch. Die plötzliche Wärme machte sie müde. Schläfrig blinzelte sie umher.

Ein winziges Etwas von Yorkshireterrier hing kläffend an einer lächerlich langen Leine. Ein Pärchen blieb eng umschlungen in der Mitte der Halle stehen. Zwei Frauen auf einer Bank schaukelten Kinderwagen und waren eifrig in ein Gespräch vertieft.

Die alte Frau neben ihnen hätte Evi beinah gar nicht wahrgenommen. Ihr Blick glitt über die reglose Gestalt hinweg, dann erst zuckte Evi zusammen, sah noch mal hin und erkannte Oma.

Sie saß ganz ans Ende der Bank gekauert, hielt ihre Handtasche umklammert und verfolgte mit geweiteten Augen das Treiben um sie her.

Evi zupfte Tom am Ärmel und lief los.

»Oma!«

Oma lockerte den Griff um die Tasche. »Evi«, sagte sie, lächelte und war still.

»Geht's dir gut?«, fragte Evi leise.

Die Frauen am anderen Ende der Bank hatten ihr Gespräch unterbrochen und beobachteten Oma verstohlen.

Oma nickte.

Dann schüttelte sie den Kopf.

Sie verzog die Lippen wie ein Kind, das im Dunkeln allein in der Wohnung ist.

»Ich wollte nach Hause fahren. Aber ich hab kein Geld bei mir.«

Auch ihre Stimme war die Stimme eines Kindes, das sich fürchtet.

»Es ist so eine weite Reise. Da braucht man doch bestimmt viel Geld.«

Auf einmal war Evi froh, dass Tom bei ihr war. Er stand dicht hinter ihr. Sein Atem streifte ihren Hals, und das war wohltuend vertraut und tröstlich.

»Sollen wir dich nach Hause bringen, Tom und ich?«

Oma sah über Evis Schulter. »Tom ist ein lieber Junge.«

In einem der Kinderwagen begann es zu plärren. Beide Frauen schaukelten stärker. Das Plärren wurde zu einem Wimmern, einem Seufzen und verebbte schließlich ganz.

»Gehst du jetzt mit uns nach Hause?«, fragte Evi.

Oma zögerte. »Es ist ein langer Weg. Fünfhundert Kilometer, glaube ich.« Sie reichte Evi die Handtasche. »Aber wir können es versuchen.«

Evi nahm Omas linken Arm, Tom ihren rechten. Oma stand auf. Sie schwankte.

Die Frauen steckten die Köpfe zusammen und kicherten.

Evi hatte keine Zeit für die Wut, die in ihr wach wurde. Sie hob sie sich für später auf und biss die Zähne zusammen.

Oma machte vorsichtige kleine Schritte, als misstraue sie ihrem Körper und seinen Kräften. Sie murmelte unverständliche Worte vor sich hin und fuhr sich immer wieder mit der Zunge über die Lippen, als hätte sie großen Durst.

Sie nahmen nicht die Drehtür, sondern die andere, die man aufschieben konnte. Sie durften Oma nicht loslassen. Zu dritt durch die normale Tür zu gelangen, war schwierig genug.

Draußen hielt Oma das Gesicht in den Regen und lächelte. »Hört nur, wie der Regen klingt.«

Evi hörte den Regen nicht. Sie hörte nur das Schmatzen der Autoreifen auf der nassen Straße. Und sie fühlte, wie ihr die Kälte über die Haut kroch. Sie reckte den Hals nach Tom.

»Kannst du meine Eltern anrufen? Ich hab mein Handy zu Hause liegen lassen.«

Tom beugte sich über sein Handy. »Mist! Der Akku ist leer.«

Das war ja wunderbar! Evi atmete tief durch. »Hast du wenigstens Geld dabei?«

Tom kramte in sämtlichen Taschen und zog die Hand leer wieder heraus. Geknickt schaute er Evi an. »Keinen Cent.«

Wenn es schon schiefläuft, dachte Evi, dann aber richtig. Was sollten sie jetzt tun?

Jemand rempelte sie an.

Sie sah schwere Stiefel, zerrissene Jeans, eine speckige Lederjacke. Der Typ, zu dem das alles gehörte, war siebzehn oder achtzehn. Er hatte sich die Kapuze seines Sweatshirts über den Kopf gezogen, grinste breit und zeigte dabei bräunlich verfärbte Zähne.

»Ganz schön getankt, die Alte, was?«

Hinter ihm polterten noch mehr Typen wie er die Treppe rauf.

»Wie un-an-stän-dig!«

Gelächter.

Evi klammerte sich an Omas Arm. Sie starrte auf die Stiefel und Hosenbeine.

»Ich bin müde«, sagte Oma.

»Sie ist mü-de. Schreck-lich mü-de.« Die Stimme triefte vor Hohn. »Muss sie ins Hei-a-bett-chen.«

Sie lachten und kamen näher. Evi schmeckte die Angst auf der Zunge. Und die Wut.

Sie hob den Kopf.

Ihr wurde schlecht.

»Noch einen Schritt näher«, sagte sie, »und ich schreie. Ich brülle den ganzen Bahnhof zusammen.«

Ihr war entsetzlich kalt.

Sie schütteten sich aus vor Lachen. Einer fasste Evi unters Kinn. Evi ließ Oma los, schlug seine Hand weg und trat ihm mit aller Kraft gegen das Bein.

Er griff sich fluchend ans Knie. Im nächsten Moment richtete er sich drohend auf.

»Und hungrig«, sagte Oma. »Ich glaube, ich habe lange nichts mehr gegessen.«

In diesem Augenblick gingen unten, am Fuß der Treppe, zwei Polizisten vorbei.

»Die Bullen!«

Evi wurde zur Seite gestoßen, dann stapften die Typen grölend die Treppe rauf und verschwanden in der Bahnhofshalle.

Tom war ganz weiß um die Nasenspitze. Regentropfen liefen über seine Brillengläser. Er stützte Oma, die sich schwer gegen ihn lehnte.

Evi warf ihm einen verzweifelten Blick zu. Wie sollte Oma in diesem Zustand den Weg bis nach Hause schaffen?

Vorm Bahnhofsgebäude standen vier Taxis in einer Reihe. Ein Taxi! Warum hatte sie nicht sofort daran gedacht?

Evi lief zum ersten Wagen. Die Fahrerin las Zeitung. Als Evi ans Fenster klopfte, kurbelte sie die Scheibe runter. Ihre Haut war stark geschminkt, das kurz geschnittene blauschwarze Haar stachlig von Gel. Sie kaute Kaugummi.

»Meiner Oma geht es nicht gut«, sagte Evi. »Können Sie uns bitte nach Hause fahren?«

Sie sah, wie Tom Oma die Stufen hinunterhalf. Oma torkelte. Evi lief zu ihnen zurück und stützte sie auf der anderen Seite.

Die Fahrerin war ausgestiegen. Sie lehnte am Kühler und blickte ihnen mürrisch entgegen.

»Wir haben kein Geld«, sagte Evi. »Aber meine Eltern werden Sie bezahlen.«

Oma sah aus, als wolle sie jeden Augenblick in sich zusammensacken. Die Fahrerin spuckte den Kaugummi aus. Wortlos öffnete sie die hintere Tür, fasste Oma am Arm und half ihr in den Wagen. Evi und Tom quetschten sich zu beiden Seiten neben sie.

»Drosselweg 11«, sagte Evi.

Die Fahrerin startete den Motor, schaltete die Scheinwerfer ein, die Scheibenwischer und fuhr los.

»Sauwetter, elendes«, murmelte sie.

Oma beobachtete den Zähler, der auf dem Armaturenbrett angebracht war. Aus irgendeinem Grund schien er sie zu erschrecken, denn sie wich zurück, so weit es ihr möglich war.

Evi nahm ihre Hand und drückte sie. »Gleich sind wir zu Hause.«

»Ja.« Oma ließ den Zähler nicht aus den Augen. »Das ist gut.«

Ab und zu kam eine Durchsage von der Zentrale, eingeleitet von einem Signal hüpfender Töne und halb überdeckt von einem durchdringenden Rauschen und Pfeifen.

Tom hatte Schluckauf. Er rieb seine Brille trocken.

»Luft anhalten und bis zwanzig zählen«, sagte Oma. »Das hilft.« Sie beugte sich zu Evi und begann zu flüstern. »Wer ist dieser Junge mit dem Schluckauf eigentlich, Evi?«

Evi spürte, wie ihr etwas die Kehle zusammenschnürte.

»Das ist doch Tom.«

Oma spähte misstrauisch zu Tom hinüber. »Ein Freund?«

Evi holte tief und zitternd Luft. »Er hat mir geholfen, dich zu finden.«

»Mich zu finden?« Oma wickelte eine Haarsträhne um ihren Zeigefinger. »Bin ich denn verloren gegangen?«

Evi räusperte sich, aber das Engegefühl in ihrer Kehle wollte nicht verschwinden. »So ungefähr.«

Oma nickte. »Es ist schlimm, wenn Menschen verlorengehen. Obwohl man sie leichter wiederfindet als zum Beispiel Haustürschlüssel, weißt du?«

Evi lehnte den Kopf an Omas Schulter. Ein unbeherrschter Schüttelfrost überfiel sie.

»Du musst dich wärmer anziehen«, sagte Oma. »Man friert so leicht in der Dunkelheit.«

Die Fahrerin warf einen Blick in den Rückspiegel. Es schien, als wolle sie etwas sagen. Aber dann sagte sie es doch nicht.

Draußen fiel der Regen in dichten Schnüren nieder. Ein Flugzeug donnerte über sie hinweg. Die von den Laternen und Scheinwerfern erhellte Luft sah gelb und giftig aus.

6

Papa ging mit Oma ins Haus. Mama bezahlte die Fahrt und bedankte sich bei der Fahrerin. Sie bedankte sich auch bei Tom und schickte ihn heim. Seine Eltern warteten schon auf ihn.

Dann zog sie Evi unter den Schirm, drückte sie an sich und hielt sie fest. »Alles in Ordnung?«

Der Regen klöppelte auf den Schirm. Die Bäume tropften.

Hört nur, wie der Regen klingt.

Evi schmiegte das Gesicht an den Hals ihrer Mutter und begann wieder zu zittern.

»Ich weiß.« Mama hielt sie fester. »Ich weiß.«

So standen sie, bis Vera in dem gelben Viereck der Tür erschien und nach ihnen rief.

»Wollt ihr da draußen Wurzeln schlagen?«

»Komm«, sagte Mama, »sonst erkältest du dich. Du bist ja völlig durchnässt.«

Sie begleitete Evi nach oben, half ihr beim Ausziehen, rubbelte ihr das Haar trocken und gab ihr einen Schlafanzug und dicke Socken.

»Ich will noch nicht ins Bett«, sagte Evi. »Ich könnte sowieso nicht schlafen.« Sie zog Schlafanzug und Socken an und schlüpfte in ihren Bademantel.

»Was du jetzt brauchst«, sagte Mama, »ist ein heißer Kakao. Der wird dich aufwärmen. Und etwas zu essen. Aber zuerst muss ich mich um Oma kümmern.«

Bald darauf saßen sie alle bei einem verspäteten Abendessen. Oma war, wie Evi, in Schlafanzug und Bademantel. Und wie Evi trank sie Kakao.

Sie hielt den Becher in beiden Händen. Der Dampf stieg ihr ins Gesicht. Sie wedelte ihn weg.

»Wo ist dieser nette Junge?«

»Tom?« Mama reichte Oma den Brotkorb. »Der ist nach Hause gegangen. Es ist spät.«

»O ja«, sagte Oma. »Es ist spät.« Sie nahm eine Scheibe Brot, schnupperte daran und hielt sie prüfend gegen das Licht.

»Früher habe ich selber Brot gebacken, weißt du noch?«

Die Frage war an Papa gerichtet.

»Und ob ich das noch weiß. Es war das beste der Welt. Das allerbeste.«

Oma vergaß, das Brot mit Butter zu bestreichen. Sie biss einfach hinein.

»Möchtest du Käse, Mutter?«

Oma hörte auf zu kauen. Sie runzelte die Stirn, als müsse sie darüber erst nachdenken. Dann griff sie nach dem Käsemesser und schnitt sich ein Stück Käse ab. Sie biss abwechselnd in das Brot und in den Käse.

Eine Zeitlang schwiegen sie.

»Wo bist du gewesen, Mutter?«, fragte Papa schließlich vorsichtig.

»Wo ich …« Omas Gesicht war plötzlich ganz leer. »Ich erinnere mich nicht. Ich …« Ihre Hand tastete nach Evis Hand. »Evi, wo bin ich gewesen?«

Der heiße Kakao hatte Evi aufgewärmt, wie Mama es versprochen hatte. Doch jetzt wurde ihr wieder kalt.

»In der Bahnhofshalle«, sagte sie und hörte ihre Worte wie die einer andern.

»In der Bahnhofshalle«, wiederholte Oma und sah Papa unsicher an. »Ist etwas falsch daran? Durfte ich nicht dort sein?«

Papa schüttelte den Kopf. »Es ist nur … Wir haben es nicht gewusst. Wir haben uns Sorgen um dich gemacht.«

»Ich hab's auch nicht gewusst«, sagte Oma. »Ihr hättet Evi fragen sollen. Evi weiß solche Dinge.«

In Evi brach etwas entzwei. Sie wich Veras Blick aus. Veras Blick sagte: Glaubst du mir jetzt oder willst du immer noch weiterträumen?

»In der Bahnhofshalle?«, fragte Vera. »Was wolltest du denn da?« Sie zog das *da* vorwurfsvoll in die Länge.

Oma hob die Schultern. »Ich fürchte, ich hab's vergessen.« Sie ließ die Schultern wieder sinken und seufzte. »Weißt du, ich vergesse vieles neuerdings. Früher, da hab ich an alles gedacht. Ich wusste, wo die wichtigen Papiere aufbewahrt wurden, wann die Rechnungen zu bezahlen waren und wie oft Opa seine Medizin nehmen musste. Ich hab nichts vergessen. Frag deinen Vater.«

Sie lächelte Papa zu.

»Nicht wahr, Bertie? Sogar an deine Schulsachen hab ich immer gedacht.«

Oma hatte Papa lange nicht mehr so genannt. Der Name machte ihn wieder zu dem Jungen, der er einmal gewesen war.

Es gab nur wenige Fotos aus dieser Zeit. Auf diesen Fotos sah Papa Vera sehr ähnlich, doch er hatte Evis Haar.

»Du bist älter geworden«, sagte er. »Da darf man schon mal das eine oder andere vergessen.«

Oma steckte sich das letzte Stück Käse in den Mund.

»Aber einen Zettel könntest du uns nächstens wenigstens schreiben«, beschwerte sich Vera. »Damit wir wissen, wo du bist.«

Sie hat nichts begriffen, dachte Evi und sah Oma wieder auf der Bank sitzen, verwirrt und ängstlich und viel kleiner als sonst.

Oma schüttelte den Kopf. »Manchmal«, sagte sie, »vergesse ich auch die Wörter und wie man sie schreibt. Wörter sind schwierig. Ich habe das früher nie bemerkt.«

Vera wollte darauf antworten, doch Evi kam ihr zuvor.

»Ich finde Wörter auch ganz schön schwierig«, sagte sie trotzig. »Ich schreib sie auch oft falsch.«

»Nicht wahr?«, fragte Oma eifrig. »Ich übe manchmal, damit ich mich wieder an die Wörter erinnere, schreibe lange Texte aus Büchern ab. Es gab eine Zeit, da fiel es mir leicht, sie zu behalten. Da hab ich sogar Gedichte geschrieben.«

»Gedichte?« Vera beugte sich interessiert zu ihr vor. »Richtige Gedichte?«

»Ob sie richtig waren, weiß ich nicht. Aber schön waren sie. Eins hat Hermann immer in der Hosentasche mit sich herumgetragen. Hermann war euer Großvater«, erklärte Oma.

»Ich weiß«, sagte Vera ungeduldig. »Aber die Gedichte – hast du sie noch?«

Oma überlegte. Vera rutschte erwartungsvoll auf ihrem Stuhl hin und her.

»Ich glaub schon. Nur fällt mir im Augenblick nicht ein, wo sie sein könnten. Da müsste ich erst nach Hause fahren. Ich …«

»Du bist jetzt hier zu Hause«, sagte Mama sanft.

»Ach ja.« Omas Blick irrte umher und blieb auf dem schlafenden Jasper liegen. »Ich wohne in Evis Zimmer. Ich hab's nicht vergessen, hab nur nicht mehr dran gedacht.«

Sie gähnte und rieb sich die Augen mit den Fäusten, wie es kleine Kinder tun.

»Soll ich dich nach oben bringen?«, fragte Mama.

»Wenn es dir nicht zu viel Mühe macht. Ich glaube, ich bin ein bisschen wacklig auf den Beinen.«

Mama nahm sie am Arm und führte sie aus dem Zimmer.

Papa schenkte sich Tee nach. Er rührte darin. Der Löffel kratzte und klimperte über den Boden der Tasse. Wind war aufgekommen und schlug den Regen gegen die schwarzen Fenster.

»Wird sie oft so sein?«, fragte Vera.

Papa rührte weiter, dabei hatte er den Tee überhaupt nicht gesüßt. Er nickte.

»Was für eine Krankheit ist das?«

»Die Ärzte nennen es Zerebralsklerose.«

»Zere ...«

»Es ist das Alter.«

»Und man kann nichts dagegen tun?«

Papa schüttelte den Kopf. »Es gibt kein Wundermittel, wenn du das meinst.«

Von oben hörten sie gedämpfte Geräusche. Ein Klacken. Ein Poltern. Dann Mamas Lachen und kurz darauf das von Oma.

»Sie wollte nach Hause fahren«, erzählte Evi leise. »Aber sie hatte vergessen, Geld mitzunehmen.«

Papa trank seinen Tee aus. Er verschluckte sich und hustete. Vera stand auf und verließ das Zimmer.

»Und du?« Papa sah Evi an. Seine Augenlider waren rot, als hätte er die Grippe.

»Ich hab sie lieb. Egal, was sie tut.« Evi räumte den Tisch ab. Papa stützte den Kopf in die Hände und blieb schweigend sitzen.

Sie räumte gerade das Geschirr in die Spülmaschine, als Mama in die Küche kam. »Lass nur. Das mache ich. Du gehörst jetzt ins Bett.«

Evi sagte den Eltern Gute Nacht, ging nach oben und schlüpfte in Omas Zimmer.

Das Rollo war heruntergelassen. Die Lamellen klapperten im Wind. Der Lichtschein vom Flur fiel genau auf das Bett.

Oma richtete sich auf. Das Bettzeug raschelte.

»Evi?«

»Ja. Ich bin's«, flüsterte Evi und ging vor dem Bett in die Hocke.

»Ich bin jetzt hier zu Hause.« Oma strich über Evis Haar. »Ich werd's mir merken und nicht wieder vergessen.«

»Das ist gut.«

Oma legte sich hin und schloss die Augen. Sie schlief sofort ein. Evi gab ihr einen Kuss und schlich auf Zehenspitzen hinaus.

»In der Bahnhofshalle?«, fragte Oma ungläubig.

Evi ließ die Hände in den Ärmeln ihres Pullovers verschwinden. Sie hatte Lust, sich ganz darin zu verkriechen.

Wie konnte Oma das alles vergessen haben?

Es war Samstag. Mama hatte darauf bestanden, dass Oma sich gründlich ausruhen sollte, und so saß sie brav im Bett, Kissen im Rücken, die Brille auf der Nasenspitze und ein paar Modezeitschriften auf den Knien. Evi hatte ihr einen Becher Kaffee gebracht. Oma hielt ihn in der Hand, ohne zu trinken.

»In der Bahnhofshalle«, wiederholte sie bestürzt.

»Mama und Papa haben mir eigentlich verboten, es dir zu erzählen«, sagte Evi mit schlechtem Gewissen.

Oma stellte den Becher so heftig auf dem Nähtischchen ab, dass der Kaffee überschwappte. »Ist das ihr Leben oder meins?«

Sie nahm die Brille von der Nase, klappte die Bügel zusammen, auseinander und wieder zusammen. Dann hatte sie sich beruhigt.

»Es war gut, dass du es mir erzählt hast.«

»Ab jetzt werd ich auf dich aufpassen«, versprach Evi. »Ich

werd dich nicht aus den Augen lassen. Dann kann so was nicht wieder passieren.«

Oma hob den Becher an und wischte die Kaffeepfütze mit einem Papiertaschentuch auf. »Lieb von dir. Aber was mache ich, während du in der Schule bist?«

»Verschließ das Haus hinter uns.«

»Das ist keine Lösung, Evi, und du weißt es.«

Die Zeitschriften auf ihren Knien gerieten ins Rutschen und fielen zu Boden, bevor Oma sie halten konnte. Evi sammelte sie auf und legte sie neben den Kaffeebecher und das bräunlich durchweichte Taschentuch.

»Herrgott noch mal! Ich führe das Leben einer Schlafwandlerin und kann nichts dagegen tun!«

Graues, kaltes Licht sickerte ins Zimmer. Evi flocht Zöpfchen aus den langen Fransen der Bettdecke, die zusammengerollt am Fußende lag.

»Passiert dir ... so was oft?«, fragte sie und hatte sofort Angst vor der Antwort.

»Zu oft, um euch damit zu belasten«, sagte Oma. »Ich hätte in eines dieser Heime gehen sollen.«

»In ein Heim?« Evis Finger verhedderten sich in den Fransen. »Was willst du bei den alten Leuten? Da gehörst du doch überhaupt nicht hin!«

»Ich bin sechsundsiebzig, Evi. Sechsundsiebzigeinhalb, um genau zu sein.«

Evi spürte, wie ihr der Mund trocken wurde.

»Sechsundsiebzig. Na und? Du bist aber überhaupt nicht

alt. Nicht wie diese Frauen in den Heimen. Stell dich doch mal vor den Spiegel!«

Am liebsten hätte sie irgendwas gegen die Wand geworfen und wär dann auf den Scherben rumgetrampelt.

»In meinen Kopf kannst du nicht gucken«, sagte Oma zu dem trüben Himmel draußen. »Und im Kopf bin ich alt. Meine Gedanken sind nicht mehr klar, jedenfalls nicht immer. Sie verknäueln und verwischen sich, und manchmal sind sie gar nicht da. Und das Schlimmste daran ist: dass ich es weiß.«

Evi hielt sich die Ohren zu. »Hör auf!«

»Recht hast du!« Oma schlug die Decke zurück, schob die Füße über die Bettkante und angelte nach den Hausschuhen.

Ihre Zehen waren krumm, als hätten sie ein Leben lang in zu engen Schuhen gesteckt Die Nägel waren gelb, die Fußgelenke ein bisschen geschwollen.

»Schluss mit dem Gejammer! Es ist fast zehn. In meinem ganzen Leben bin ich nie später als um sieben aufgestanden.«

»Aber Mama hat gesagt …«

»Papperlapapp!« Oma öffnete den Schrank und nahm etwas zum Anziehen heraus. »Du und ich, wir gehen jetzt einkaufen, wie wir das jeden Samstag tun, und damit basta.«

»Aber …«

Oma legte ihr die Hand auf den Mund. »Pscht! Keine Widerrede! Ich springe nur rasch unter die Dusche.«

Bei der Vorstellung, wie Oma unter die Dusche *sprang*, musste Evi lachen.

»So ist's richtig.« Oma lächelte. »Lach mich nur aus. Hauptsache, du hockst nicht länger wie ein Trauerkloß hier herum.«

Eine halbe Stunde später gingen sie los, jede eine Tasche an der Hand. Frau Bieser winkte ihnen vom Kiosk aus zu.

»Alles in Ordnung?«, rief sie zu ihnen herüber.

»Alles okay!«, rief Evi zurück.

»Was meint sie damit?«, fragte Oma.

Evi trat gegen einen Stein, der auf dem Gehsteig lag, und beobachtete, wie er über den Asphalt hüpfte und in den Rinnstein auf der anderen Straßenseite kullerte.

Oma ließ nicht locker. »Weiß sie es?«

»Und wenn schon!«

Oma grüßte eine Nachbarin, die auf dem Balkon eine Decke ausschüttelte. »Nun ja. Irgendwann werden sie alle davon wissen. So was kann man nicht verheimlichen.«

Im Supermarkt scherzte und plauderte sie mit den Verkäuferinnen und langte mit sicherem Griff in die Regale. Auf den Zettel in ihrer Hand schaute sie nicht ein einziges Mal.

Sie begutachtete die Erdbeeren und suchte zwei Schälchen aus, prüfte die Zitronen und betastete den Spargel.

Nichts an ihr erinnerte mehr an die eingeschüchterte Frau aus der Bahnhofshalle.

Aus den Lautsprechern an der Decke träufelte Musik, ab und zu unterbrochen von einer schmeichelnden Männerstimme, die Sonderangebote verlas.

»Schon wegen dieser Schleimstimme würd ich das Zeug nicht kaufen«, sagte Evi.

Aber Oma hörte nicht zu.

»Warte mal.« Sie verschwand hinter einer Regalreihe. Als sie zurückkam, hatte sie ein kleines rotes Notizbuch in der Hand. Sie legte es in den Wagen.

»Und jetzt lade ich dich ins Café ein. Ich muss etwas mit dir besprechen.«

Sie bezahlten, verstauten die Einkäufe und gingen hinaus.

Das Café lag nebenan. Es hatte gemütliche Nischen mit weich gepolsterten Stühlen und Bänken. Über jedem der runden Tische hing eine Lampe mit Porzellanschirm, und auf jedem der gestärkten Spitzendeckchen standen eine Kerze und eine bauchige Vase mit frischen Blumen.

Oma bestellte für sich ein Kännchen Tee und ein Stück Apfelkuchen. Evi entschied sich für ein Eis.

Fast alle Tische waren besetzt. Manche der Gäste unterhielten sich, manche lasen, andere saßen einfach da und sahen aus dem Fenster. Am Nebentisch beugte sich eine alte Frau über ein dickes Stück Nusstorte. Ihr Mund war sahneverschmiert. Ihre Hände bebten so heftig, dass sie Mühe hatte, die Kuchengabel zum Mund zu führen.

»Altwerden kann ziemlich hässlich sein«, sagte Oma leise und wie zu sich selbst. Sie gab sich einen Ruck. »Aber man kann die schönen Augenblicke genießen. Augenblicke wie diesen mit dir zum Beispiel.«

Die Serviererin brachte den Kuchen, den Tee und das Eis.

»Bitte sehr, die Damen.«

Evi lachte in sich hinein.

»Lass es dir schmecken«, sagte Oma. »Und hör bloß nie mit diesem Lachen auf.«

Die Glasschale war bis zum Rand mit Eiskugeln gefüllt. Auf der Sahnehaube lag eine kandierte Kirsche, die mit rotem Sirup übergossen war. Daneben steckte eine Waffel.

Evi fing mit der Kirsche an.

Die alte Frau war fertig. Sie wischte sich den Mund mit der Serviette und holte eine schmuddelige Geldbörse hervor.

Ihre Hände bebten jetzt nicht mehr so stark. Langsam zählte sie Münzen ab, die sie neben dem Teller zu einem wackligen Türmchen schichtete.

Sie winkte der Serviererin, zahlte und zog sich umständlich den Mantel an. Dann griff sie nach einer ausgebeulten Einkaufstasche, aus der eine Stange Lauch ragte, und ging langsam hinaus.

Oma sah ihr nach, bis die Tür hinter ihr zugefallen war.

»Was wolltest du denn mit mir besprechen?«, fragte Evi.

»Ja.« Oma wühlte in den Einkäufen. »Ich hab mir was überlegt.«

Sie legte das kleine Notizbuch vor Evi auf den Tisch.

»Das ist unser Merkbuch, Evi. Ich möchte, dass du ab heute jeden blauen und jeden grauen Tag notierst.«

»Jeden was?« Evi hatte sich durch die Sahne gearbeitet und ließ nun den ersten Löffel Eis auf der Zunge zergehen.

»Die blauen Tage«, erklärte Oma, »sind die guten Tage, die, an denen alles so ist, wie es sein sollte. Die grauen Tage sind die Tage, an denen mir passiert, was mir gestern passiert ist. Führ genau Buch darüber und am Ende eines Monats schauen wir uns deine Eintragungen an.«

Evi schob das Notizbuch hin und her. Welchen Sinn sollte das haben?

»Ich lasse mich nicht unterkriegen«, sagte Oma. »Ich will genau wissen, wie oft es mir passiert. Und ich will mich mit dir über jeden einzelnen blauen Tag freuen.«

Sie reichte Evi einen Kugelschreiber. »Fang gleich an. Fang mit heute an.«

Gehorsam nahm Evi den Stift.

Blaue und graue Tage, schrieb sie auf die erste Seite.

Sie unterstrich die Wörter und blätterte um.

4. Juni.

Blauer Tag.

»Es ist doch ein blauer Tag?«, fragte sie und kaute auf dem Ende des Kugelschreibers.

»Aber ja! Es ist ganz entschieden ein blauer Tag! Und wenn du jetzt nicht dein Eis aufisst, musst du es als Suppe löffeln.«

Sie hatten nicht darüber gesprochen, dass es ein Geheimnis sein sollte. Trotzdem versteckte Evi das Notizbuch in ihrem Zimmer. Vorsichtshalber wechselte sie das Versteck alle paar Tage.

Die Plätze wählte sie mit Bedacht.

Das alte Puppenhaus war ziemlich sicher, weil niemand außer Jasper sich je dafür interessierte. Es war überhaupt nur noch da, weil Evi es nicht fertigbrachte, sich endgültig davon zu trennen. Ebenso günstig war die Holzkiste mit den Spielesammlungen und Puzzles. Sie stand unterm Bett, ganz hinten an der Wand, und wurde höchstens von Tom ab und zu hervorgezogen.

Aber Tom war sowieso der Einzige, den Evi eingeweiht hatte.

Dem Schrank und der Kommode misstraute sie aus guten Gründen – wenn Vera nach etwas Verstecktem suchte, würde sie hier mit Sicherheit anfangen.

Evi schob das Buch tief zwischen die Polster ihres Sessels und unter die Matratze ihres Betts. Sie klemmte es hinter die Seitenteile des Regals und verbuddelte es in ihren Malsachen.

Sie war für das Sauberhalten ihres Zimmers selbst verantwortlich. Nicht mal ihre Mutter würde also an diesen Stellen darauf stoßen.

Abend für Abend notierte Evi gewissenhaft, wie der Tag gewesen war, und nach einer Weile war die erste Seite voll.

Sie zeigte sie Oma und ein Lächeln huschte über Omas Gesicht.

»Blauer Tag. Blauer Tag. Blauer Tag«, las sie laut. »Das sieht gut aus, mein Schatz. Das sieht ganz wunderbar aus!«

Bald fiel Evi auf, dass die Tage nicht einfach bloß blau waren. Es gab die ruhigen, gelassenen Tage von einem dunklen schwärzlichen Blau. Es gab die fröhlichen, unbeschwerten hellblauen Tage. Und an Evis zwölftem Geburtstag war der Tag blau gewesen wie der Sommerhimmel über den Dächern.

Oma hatte Kuchen gebacken, Frikadellen gebraten und mehrere Sorten Pudding gekocht. Sie hatte einen Punsch gemacht und zusammen mit Evi Lampions in die Bäume gehängt.

Und dann hatten sie im Garten gefeiert.

Alle waren gekommen. Jenni, Mariele, Kurt, Nick.

Und natürlich Tom.

Eigentlich feierten sie lieber ohne Erwachsene, aber keiner von ihnen wollte Oma gehen lassen. Sie verquatschten und veralberten die Stunden. Oma quatschte und alberte mit, und ehe sie es noch recht bemerkt hatten, war es Abend geworden, und die Gäste waren wieder gegangen.

Zwischen den Blättern glommen die Lampions, Jasper ging auf Mäusejagd, und der Igel, der hinterm Komposthaufen wohnte, schlurrte hustend durch das hohe Gras.

Oma und Evi tranken das letzte Glas Punsch und horchten auf die Geräusche der Nacht.

»Ich fühle mich heute richtig jung«, sagte Oma und wickelte sich fester in ihre Jacke ein.

»Wie jung genau?« Evi fror kein bisschen, obwohl es allmählich kühl geworden war.

»Ungefähr wie zwölf«, sagte Oma, und sie steckten die Köpfe zusammen und kicherten.

Da waren stille, friedliche taubenblaue Tage und die arbeitsreichen, kräftigen Tage von einem tiefen Meerblau.

Evi sammelte alle Blaus, die sie finden konnte.

»Saphirblau«, zählte sie auf. »Lichtblau. Lavendelblau. Pflaumenblau.«

Oma zog ihr Schreibzeug hervor.

»Nicht so schnell, nicht so schnell und noch mal von vorn. Ich muss doch üben, die Wörter richtig zu schreiben.«

Sie machte wirklich jede Menge Schreibfehler. Das konnte sogar Evi erkennen, deren Klassenarbeiten mit roten Strichen nur so gespickt waren.

Aber sie sagte es Oma nicht.

Oma neigte den Kopf und sah sie lauernd an. »Beschummle mich nicht, Kind! Ich besitze einen Duden.«

Da verbesserte Evi die falsch geschriebenen Wörter.

Oma schrieb sie sauber ab und schraubte den Füller zu. »So ist's gut. Die Buchstaben sollen ihre Ordnung haben, genau wie meine Gedanken. Jetzt sitzt jeder Strich, jeder Bogen und jeder Punkt an der richtigen Stelle.«

»Eigentlich«, sagte Evi, »solltest du bei so was besser Vera fragen. Die kennt sich mit Wörtern aus.«

Oma schüttelte den Kopf. »Ich möchte ihr keine Angst einjagen.«

»Angst? Vera?« Evi schnaubte abfällig. »Meine Schwester hat vor gar nichts Angst.«

Oma räumte ihr Schreibzeug weg. »Sag das nicht. Denk an die Bahnhofshalle.«

»Oma …«

»Ja. Ich weiß. Du willst nicht darüber sprechen. Müssen wir auch nicht. Bis jetzt gibt's ja nicht mal eine Spur von Grau in all dem Blau.«

Sie stand vor der Kommode und überlegte, einen Finger an der Schläfe.

»Ich wollte was holen, Evi. Was war es bloß?«

Evi zuckte mit den Schultern.

»Ach ja, ein Kleid wollte ich dir zeigen. Ich habe lange genug gefaulenzt. Wird Zeit, dass ich wieder anfange zu nähen.«

Sie zog eine Modezeitschrift aus der Schublade, setzte sich zu Evi an den Tisch und schlug die Zeitschrift auf. Es war ein Exemplar, das sie schon oft durchgeblättert haben musste, denn es war abgegriffen und knittrig, mit schlaffen Eselsohren.

»Hier. Das ist es.«

Das Kleid war aus einem leichten, fließenden Stoff und reichte dem Model bis zu den Knien.

Evi verstand nichts von Mode und konnte nicht viel dazu sagen.

»Ich will es für deine Mutter nähen. Glaubst du, es gefällt ihr?«

Evi konnte sich ihre Mutter in einem solchen Kleid nicht vorstellen. Sie trug gern lange Röcke und weite Pullis, in denen sie beinah verschwand. Dieses Kleid jedoch schmiegte sich ziemlich eng an die Taille.

»Frag sie doch einfach.«

»Mach ich«, sagte Oma. »Sobald sie zu Hause ist.«

Mama kam erst nach dem Abendessen. Sie verspätete sich oft in letzter Zeit, manchmal um mehrere Stunden.

»Der Pauly nutzt dich schamlos aus«, warf Papa ihr wieder vor, kaum dass sie sich hingesetzt hatte.

Mamas Gesicht war angespannt und schimmerte wächsern wie das Gesicht einer Puppe.

»Er nutzt mich nicht aus. Das neue Computerprogramm ist noch ungewohnt für uns alle, und ich bin die Einzige, die mit ihm zurechtkommt.«

Papa wollte keine Erklärung. Er wollte sich einfach aufregen.

»Und? Bezahlt er dich dafür besser? Natürlich nicht.«

»Ach Bert.« Mama unterdrückte ein Gähnen.

»Er scheint dich verdammt gern um sich zu haben«, sagte Papa erbost.

Oma horchte auf. »Wie meinst du das?«

»Hat sich vor einem halben Jahr scheiden lassen und braucht jetzt Trost, der arme Herr Zahnarzt. So mein ich das.«

Mama streifte die Schuhe von den Füßen und rieb sich die

Knöchel. »Und was ist mit deiner Frau Weiler? Die ist doch auch geschieden und du sitzt Tag für Tag mit ihr in einem Zimmer.«

Evi biss sich auf die Lippe. Auch Vera gab sich alle Mühe, ernst zu bleiben.

»Frau Weiler«, brauste Papa auf, »ist über sechzig!«

»Genau wie Doktor Pauly.« Mama sah Papa herausfordernd ins Gesicht.

Oma brach in ein herzhaftes Lachen aus. Auch Evi und Vera konnten sich nicht länger beherrschen und prusteten los.

Um Mamas Mundwinkel zuckte es verdächtig. »Und jetzt hätte ich gern einen Kaffee«, sagte sie.

Papa ging hinaus und machte sich in der Küche zu schaffen. Nach einer Weile kam er zurück und stellte Kaffee und einen Teller mit belegten Broten auf den Tisch. Er gab Mama einen Kuss ins Haar.

»Sollte der Pauly dir zu nahe kommen, dann kann er sich einen Termin bei einem Kollegen geben lassen. Richte ihm das ruhig aus.«

»Werd ich tun«, sagte Mama unbeeindruckt und begann zu essen.

Tiefblauer Tag, schrieb Evi vorm Schlafengehen, malte einen schwungvollen Kringel drum herum und schob das Merkbuch unters Kopfkissen.

Und dann kam er doch, der erste graue Tag.

Dabei war der Himmel weit und blau wie lange nicht mehr. Der Sommer glühte in den Gärten und die Wiesen verströmten einen betäubenden Duft.

Es hatte Anzeichen gegeben und an den beiden Tagen zuvor hatte Evi vorm Schlafengehen *graublauer* Tag notiert. Sie hatte Oma die Eintragungen nicht gezeigt, aber Oma hatte auch gar nicht danach verlangt.

Am ersten dieser Tage war Evi nach der fünften Stunde aus der Schule gekommen. Oma hatte auf der Treppe vorm Haus in der Sonne gesessen, barfuß, hatte mit den Zehen gewackelt und Evi auf eine sonderbar ausdruckslose Weise angelächelt.

»Zehn«, sagte sie und betrachtete verwundert ihre Zehen. Die Nägel hatten schwarze Ränder und mussten dringend geschnitten werden. »Zähl nach, wenn du mir nicht glaubst.«

Evi wusste nicht, was sie antworten sollte. Im nächsten Augenblick schien Oma das Interesse an ihren Zehen verloren zu haben. Verdrossen schaute sie durch Evi hindurch, erhob sich dann schwerfällig und ging langsam ins Haus.

In der Diele lagen ihre Schuhe, umgeknickt wie Vögel mit gebrochenen Flügeln.

»Bist du hungrig?«

Oma ging an den Schuhen vorbei, kehrte wieder um und schlüpfte hinein. Sie zog die Riemchen nicht über die Fersen, sodass die Schuhe ihr bei jedem Schritt nachschlappten.

Das Essen stand auf dem Tisch, Linsensuppe, und die Küche roch nach Majoran. Evi war zumute, als müsse sie sich auf Zehenspitzen bewegen, um nur ja keine Erschütterung zu verursachen, die Oma erschrecken könnte. Vorsichtig schob sie sich auf ihren Platz.

Oma hob den Deckel vom Topf und füllte Evi auf. Sie verschüttete ein wenig, wischte es aber nicht weg.

»Wie ist es mit dem Diktat gegangen? War's schwer?«

»So lala.«

Das Verschüttete sickerte in die Tischdecke. Auf dem braunen Fleck, der zurückblieb, lagen vier graue Linsen, zwei zerkochte Kartoffelstückchen und ein schrumpliger Lauchring.

»Ich hab ein ganz gutes Gefühl.«

»Schön.« Oma hatte sich selbst Suppe genommen und setzte sich.

Von da an war es gewesen wie immer. Oma hatte sich im Wohnzimmer damit beschäftigt, ein Schnittmuster zu entwerfen. Den Einfall mit dem Kleid aus der Modezeitschrift hatte sie aufgegeben. Es hatte Mama nicht gefallen.

Evi war zu Hause geblieben.

Vorsichtshalber.

Doch neue Anzeichen hatte es nicht gegeben. Die kamen am Tag darauf.

Oma saß vor ihrem Schnittmuster und war unzufrieden.

»So geht's nicht. Man muss es ganz anders anfangen.«

Sie zerriss das Schnittmuster und fegte die Schnipsel mit dem Arm vom Tisch. Dann stand sie auf, ging auf die Terrasse hinaus und setzte sich in den Schatten. Nach einer Weile fiel ihr Kopf zurück und sie war eingeschlafen.

Evi wusste nicht, was sie mit den Schnipseln tun sollte, und entschied sich, sie liegen zu lassen. Sie setzte sich mit der Nacherzählung, die sie für die Schule schreiben musste, an den Gartentisch, um in Omas Nähe zu sein.

Das Tor quietschte, und Roland durchquerte mit Storchenschritten den Garten, um Vera abzuholen. Er bemerkte Oma, sah, dass sie schlief, begrüßte Evi, indem er die Hand hob, und schlich an ihnen vorbei ins Haus.

Roland war ein Jahr älter als Vera. Das Haar reichte ihm bis auf die Schultern. Meistens band er es im Nacken zusammen. Alles an ihm schien zu lang zu sein. Er schlenkerte beim Gehen mit den Armen und hielt sich ein wenig geduckt, als wolle er kleiner wirken. Auf dem rechten Oberarm hatte er eine Tätowierung, eine Schlange mit weit aufgerissenem Maul.

Evi hatte für Tätowierungen nichts übrig. Auch nicht für Jungen, die in Vera verliebt waren.

Bei Roland machte sie eine Ausnahme. Von der angriffslustigen Schlange abgesehen, war er freundlich und sanft, das genaue Gegenteil von Vera. Evi fragte sich oft, wie die beiden es miteinander aushielten. Sie waren schon ewig zusammen, länger als ein Jahr.

Minuten später pirschten Vera und Roland sich an Evi heran. Vera hielt einen Papierschnipsel hoch. »Was ist das denn?«, flüsterte sie.

»Erklär ich dir später«, flüsterte Evi zurück und nahm ihr den Schnipsel aus der Hand.

Das Licht spielte auf Veras Haar. Sie war sehr schön.

Auch Roland schien das zu bemerken, denn beim Gartentor legte er den Arm um ihre Hüften und drückte ihr die Lippen auf die Schläfe.

Die Zweige der Birke warfen Schatten auf Omas Gesicht. Ihr Mund war geöffnet. Der Atem ging rasselnd und kippte dann in ein Schnarchen um.

Als Evi mit der Nacherzählung fertig war, kochte sie Kaffee, schnitt zwei Stücke von dem Sandkuchen ab, den Oma gebacken hatte, und trug das Kaffeegeschirr in den Garten hinaus.

Oma regte sich und öffnete die Augen. »Hmm. Kaffee.« Sie reckte sich, gähnte und erhob sich stöhnend.

Evi trug die Schultasche ins Wohnzimmer. Oma folgte ihr.

»Weißt du, Evi, ich hab mir gedacht …«

Ihr Blick fiel auf die verstreuten Papierschnipsel.

»Mein Schnittmuster!«

Sie ließ sich auf die Knie nieder und sammelte die Schnipsel auf. Ihr Gesicht war rot, als hätte sie zu heiß gebadet.

»Wer hat …« Sie stockte. »Wie ist das passiert?«

»Der Kaffee wird kalt«, sagte Evi ausweichend und war schon auf dem Weg zur Terrasse, als Omas Stimme sie zurückhielt.

»Was ist passiert, Evi?«

»Du warst nicht zufrieden damit.«

Oma richtete sich auf und drehte sich zu Evi um, die Hälfte der Schnipsel in der Hand. Sie brauchte es nicht auszusprechen – Evi sah, dass sie sich nicht erinnern konnte.

»Aber …« Omas Stimme bettelte um Zustimmung. »Wir hatten eine ganze Reihe blauer Tage, nicht wahr?«

Evi nickte und wandte sich ab.

»Viele blaue Tage«, sagte Oma hinter ihr.

Den Kaffee schüttete Evi später in den Ausguss. Oma war die Lust darauf vergangen. Sie hatte sich in ihr Zimmer zurückgezogen.

Der erste wirklich graue Tag begann wie jeder andere Tag.

Oma hatte Frühstück gemacht. Vera aß ihr Müsli und las dabei Vokabeln durch, weil für diesen Morgen ein Englischtest angekündigt war. Dann und wann schloss sie die Augen, bewegte stumm die Lippen und klopfte mit dem Löffel den Takt dazu rhythmisch gegen die Müslischale.

»Lass das«, sagte Papa. »Das Geklimper raubt einem ja den letzten Nerv.«

Vera stöhnte auf und verdrehte die Augen.

Es war nicht gut, ihn schon am frühen Morgen zu reizen.

Er schlug mit der Faust auf den Tisch, dass die Löffel auf den Untertassen klirrten.

»Kannst du deine verdammten Vokabeln nicht rechtzeitig lernen?«

Vera tunkte den Löffel ins Müsli und beugte sich ungerührt wieder über ihr Buch.

»Ich rede mit dir!«

»Stör mich nicht«, murmelte Vera. »Oder willst du, dass ich den Test verhaue?«

»Natürlich will ich nicht, dass du den Test verhaust! Ich will, dass du deine Arbeit erledigst, bevor du zu deinen Verabredungen gehst! Und dass du dich nicht bis Mitternacht rumtreibst, wenn du versprochen hast, um neun zu Hause zu sein!«

Oma gab drei Löffel Zucker in ihre Tasse. Normalerweise nahm sie nur einen. Es fiel Evi auf, aber sie dachte nicht weiter darüber nach.

»Soll ich dich abhören?«, fragte Oma.

Vera reichte ihr das Buch. Oma setzte sich die Brille auf die Nase.

»Abstand?«

»Distance.«

»Gebet?«

»Prayer.«

»Richter?«

»Judge.«

»Ich liebe diese heiteren Mahlzeiten im Kreis der Familie«, spöttelte Mama. »Sie haben so was Beschwingtes. Es geht doch nichts über ein anregendes Tischgespräch, bevor die Mühsal des Tages grausam über den Menschen hereinbricht.«

»Gewalt?«

»Violence.«

»Beitrag?«

»Contribution.«

»Reise?«

»Journey.«

Oma klappte das Buch zu. »Du kannst die Vokabeln«, sagte sie zu Vera. »Anders als dein Vater früher, nicht wahr, Bert?« Sie lächelte Papa entwaffnend an.

»Was soll das, Mutter?« Er war tatsächlich verlegen geworden und griff nach der Zeitung, um dahinter in Deckung zu gehen.

Vera grinste. Sie schob den Stuhl zurück, trank im Stehen ihren Apfelsinensaft aus und klemmte sich das Englischbuch unter den Arm.

»Tschüs dann, alle miteinander. Und verplaudert euch nicht.«

Sie hatte die Türklinke schon in der Hand, da kam sie noch einmal an den Tisch. Sie zögerte, beugte sich zu Oma hinunter und gab ihr einen Kuss auf die Wange.

Die Tür knallte hinter ihr zu.

»Also wirklich, Mutter!« Papa faltete die Zeitung zusammen. »Manchmal bist du einfach unmöglich.«

Doch Oma war mit ihren Gedanken nicht mehr da. Sie starrte vor sich hin und ihre Finger drehten unablässig den Deckel der Zuckerdose.

Evi verließ das Haus kurz nach Vera. Jasper rannte im Galopp hinter ihrem Fahrrad her, überholte sie und blieb dann zurück, weil er irgendeine Spur entdeckt hatte.

Tom wartete an der Ecke.

»Hi«, muffelte er kurz angebunden. Er war nicht der Mensch, der morgens ruckzuck aus dem Bett springt, um fröhlich den Tag zu begrüßen.

Evi hob einen Zebrastein auf und steckte ihn in die Hosentasche. Sie fand immerzu Dinge, die sie unbedingt aufbewahren musste. Schneckenhäuser. Schrauben. Taubenfedern. Sogar ihr Fahrrad hatte sie gefunden.

Sie hatte es zum Fundbüro gebracht, doch niemand hatte es dort abgeholt, und so durfte sie es behalten. Es war kein besonders schönes Rad gewesen. Das war es erst geworden, nachdem sie es rot angestrichen hatte.

»Scheißschule«, sagte Tom und rückte sich auf dem Sattel zurecht. Evi gab ein zustimmendes Grunzen von sich.

Am alten Stadttor stieß Jenni zu ihnen. »Kannst du mir gleich mal kurz Mathe geben?«, fragte sie Evi. »Bei uns war gestern wieder der Teufel los. Ich hab's einfach nicht mehr geschafft.«

Bei Jenni zu Hause war immer der Teufel los. Ihre Eltern lebten in einem ständigen Kriegszustand. Ein paarmal war ihr Vater schon ausgezogen, doch nach einigen Wochen hatte er immer wieder mit den Koffern vor der Tür gestanden.

»Klar«, sagte Evi.

Doch dann fiel Mathe aus, weil Herr Täschner eine Sommergrippe hatte, und so kamen sie schon nach der vierten Stunde wieder aus der Schule. Tom und Evi verabredeten sich für den Nachmittag. Jenni wusste noch nicht, ob sie dazukommen würde, sie konnte es nie vorhersagen.

Schon als sie das Rad abgestellt hatte und auf die Tür zuging, hatte Evi das Gefühl, dass etwas nicht in Ordnung war. Sie hätte nicht sagen können, warum. Das Haus wirkte nicht anders als sonst. Die Fenster waren gekippt, und auf dem Dach schackerte die Elster, von der Oma behauptete, sie bringe Glück.

Trotzdem sträubten sich Evi die Haare. Sie klingelte.

Die Tür blieb geschlossen.

Evi kramte aufgeregt nach ihrem Schlüssel. Als sie ihn gefunden hatte, fiel er ihr aus der Hand. Sie bückte sich, hob ihn auf und steckte ihn in das Schloss.

»Oma?«

Keine Antwort.

»Oma!« Sie pfefferte die Schultasche in die Ecke und lief in die Küche. Oma hatte Milchreis gekocht. Evi sah auf die Schalter. Sie waren alle auf Null gedreht. Der Topf stand ohne Deckel auf einer der hinteren Platten. Evi tippte ihn an. Er war noch warm.

»Oma!«

Sie durchforstete das Haus, suchte in jedem Zimmer, sah auf dem Speicher nach und im Keller.

Ruhig, dachte sie, ganz ruhig. Bloß nicht den Kopf verlieren. Vielleicht hatte Oma beim Einkaufen etwas vergessen und war losgegangen, um es rasch noch zu besorgen.

Oder sie war bei der Nachbarin.

Aber warum sollte sie bei der Nachbarin sein? Sie hatte sie erst neulich eine dumme, klatschsüchtige Pute genannt.

Evi setzte sich in die Küche. Sie würde einfach warten. Bestimmt gab es eine ganz simple Erklärung dafür, dass Oma nicht hier war. Wahrscheinlich würden sie gleich zusammen Milchreis essen und sich über Evis Vorahnung amüsieren.

Die Zeit verging quälend langsam.

Der Wasserhahn tropfte.

Jeder einzelne Tropfen verursachte ein Geräusch, das durch das leere Haus zu hallen schien.

Schließlich hielt Evi es nicht länger aus. Sie stürzte hinaus, schwang sich aufs Fahrrad, überlegte kurz und fuhr in Richtung Einkaufszentrum.

Je näher sie ihm kam, desto stärker wurde ihre Unruhe. Sie stellte das Rad ab, eilte mit Riesenschritten durch die langen, um diese Zeit wie ausgestorbenen Gänge des Supermarkts und spähte nach rechts und links.

Aus den Lautsprechern drang diesmal ein alberner alter Schlager. *Du, du nur bist mein einziges Glück. Komm, komm doch, o komm zu mir zurück.*

Bescheuert, dachte Evi. Zu so einem kommt doch im Leben keine Frau zurück. Sie kann froh sein, wenn sie so weit wie möglich von ihm weg ist.

Ein Gang nach dem andern und in keinem konnte sie Oma entdecken. Bedrückt verließ sie das Geschäft. Sie rieb sich die nackten Arme. Drinnen war es kühl gewesen. Die plötzliche

Rückkehr in die Hitze ließ ihr eine Gänsehaut über den Körper laufen.

Knöterich rankte an den in der Sonne blinkenden Stahlträgern hoch und überwucherte die gläserne Überdachung. Der Springbrunnen spie Glitzerfontänen. Ein Junge raste in halsbrecherischer Fahrt auf seinem Skateboard vorbei.

In der Mitte des Platzes blieb Evi unschlüssig stehen. Sie wich einem Betrunkenen aus, der auf sie zutorkelte, und wurde dafür mit einem unflätigen Fluch bedacht.

Ihr Blick fiel auf das Schild *Café*. Ohne darüber nachzudenken, hastete sie auf die Tür zu und trat ein.

Die Türme kunstvoll geschichteter Pralinen würdigte sie keines Blickes, obwohl ihr Magen allmählich unüberhörbar knurrte.

Im Café herrschte reger Betrieb. Es duftete nach Kaffee und frischen Waffeln. Evi schlängelte sich an den Stühlen vorbei, rempelte eine Frau an, die ein kleines Kind mit Brei aus einem Glas fütterte, und murmelte eine Entschuldigung.

Oma saß an dem Tisch, an dem sie schon einmal gesessen hatten. Sie sah Evi, erhob sich halb von ihrem Stuhl, winkte und ließ sich wieder zurücksinken. Vor ihr stand ein Kännchen Kaffee.

»Endlich«, flüsterte Oma. »Ich hab plötzlich nicht mehr gewusst, wie ich nach Hause komme. Auf einmal war mir alles fremd. Dann hab ich das Café wiedererkannt, und da hab ich gedacht, ich setze mich hierher und warte, bis ich mich wieder erinnern kann.«

»Hast du Geld bei dir?«, flüsterte Evi.

»Ja. Ein Glück, was?«

»Warum flüstern wir eigentlich?«, flüsterte Evi.

»Keine Ahnung«, flüsterte Oma.

Und sie lachten, obwohl dies ein grauer Tag war, Oma sich noch immer nicht erinnern konnte und sie es beide wussten.

Über diese Erlebnisse verlor Evi zu Hause kein Wort. Nur Tom erzählte sie davon.

Er kratzte sich am Kopf. »Auf Dauer kannst du das nicht geheim halten.«

Sie saßen in Evis Zimmer auf dem Boden. Zwischen ihnen lag Jasper auf dem Rücken, die Beine von sich gestreckt, die Vorderpfoten angewinkelt, und schnarchte.

»Was machen sie mit Oma, wenn es schlimmer wird? Wenn es sich wirklich nicht mehr geheim halten lässt?« Evi sprach gedämpft, denn Oma war in ihrem Zimmer gegenüber und schrieb Gedichte ab, um ihr Gedächtnis zu trainieren.

»Pflegeheim«, antwortete Tom leise.

Evi fuhr zu ihm herum. »Nie im Leben!« Nach einem Blick zur Tür senkte sie wieder die Stimme. »Lieber entführ ich sie.«

Tom grinste.

»Hör mit diesem blöden Grinsen auf!«

Er versuchte es, aber das Grinsen war stärker als er.

»Ich mal mir das gerade aus: du und deine Oma auf der Flucht. Nacht. Regen. Nebelschwaden. Ein verlassener, dreckiger Hinterhof. Ratten huschen um überquellende Mülltonnen. Katzen streiten sich um ein Fischgerippe. Auf einmal zerschneidet ein grässlicher Schrei die Stille. Entsetzt …«

»Du guckst zu viele Krimis.«

Tom grinste noch ein bisschen breiter und wurde dann wieder ernst. »Mensch, Evi! Entführen! Schalt doch mal dein Gehirn ein! Das hier ist kein Film. Das ist die Wirklichkeit.«

»Nein«, sagte Evi kleinlaut. »Ich kann's mir ja auch nicht vorstellen.«

Tom kraulte Jasper den Bauch. Jaspers Schnarchen ging in ein röchelndes Schnurren über.

»Ich hab dir doch schon von meiner Großtante erzählt«, sagte Tom. »Sie erkennt uns nicht, wenn wir sie besuchen. Redet mit uns, als ob wir Fremde wären. Dabei ist mein Vater bei ihr aufgewachsen.«

Seine Finger hörten auf zu kraulen und Jasper hob unwillig den Kopf.

»Sie hat Geld im Ofen verbrannt, weil sie geglaubt hat, es wär bloß Papier. Und sie hat tagelang vergessen zu essen. Sich nicht mehr gewaschen und nicht mehr gekämmt. Hat nur noch im Bett gelegen und Bilder aus Zeitschriften ausgeschnitten. Überall lag stinkender Abfall rum. Und da ist sie in ein Heim gekommen.«

»Aber Oma ist doch nicht so«, sagte Evi. »So doch nicht.«

»Trotzdem.« Tom kraulte Jasper weiter. »Es kann nicht schaden, wenn wir uns für den Notfall was überlegen.«

Das hatte Evi hören wollen. Doch nun kam sie nicht damit

zurecht. »Und wenn das Unglück bringt, über so was nachzudenken?«

»Stimmt.« Tom zog die Hand zurück.

Jasper schien es nicht zu spüren. Er war wieder eingeschlafen und schnorchelte leise. Durch das weit geöffnete Fenster wehte Sommergeruch herein.

»Wieso fahrt ihr dieses Jahr eigentlich nicht in die Ferien?«, fragte Evi.

Tom verzog den Mund. »Kein Geld. Mein Vater musste ja unbedingt diesen tollen neuen Wagen haben. Tolle zweihundertvierzig PS, tolle Ledersitze, tolle Felgen. Damit kann er jetzt immer toll im Stau stehn.« Er schnalzte abschätzig mit der Zunge. »Und ihr?«

»Wir bleiben auch hier. Wegen Oma. Sie soll sich in Ruhe eingewöhnen. Ein Urlaub würde sie wieder aus dem Gleis bringen, sagt meine Mutter, und das wär nicht gut für sie.«

Die Tür öffnete sich und Oma steckte den Kopf herein.

»Störe ich?«

»Sie stören nie«, sagte Tom.

»Schmeichler!« Oma kam herein und ließ sich ächzend neben ihnen auf dem Boden nieder. »Zeig mir unser Buch, Evi.«

Evi kramte es aus dem Puppenhaus hervor. Sie reichte es Oma und beobachtete ihr Gesicht.

Oma überflog die erste Seite und blätterte um. »Fast ein ganzer Monat blau. Das ist gut.«

»Gut?« Evi rüttelte sie an der Schulter. »Das ist megamäßig gut! Es gab nur einen einzigen wirklich grauen Tag.«

»Anzugwestengrau«, fragte Oma, »oder schornsteinrauchgrau?«

»Mausgrau«, sagte Evi, »klein und niedlich, nichts, vor dem man Angst haben müsste.«

»Außer, man wär ein Elefant«, witzelte Tom.

Oma klappte das Buch zu und gab es Evi zurück. Sie streifte die Schuhe von den Füßen, streckte die Beine aus und bewegte die Zehen auf und ab.

Evi hielt den Atem an.

»Früher«, sagte Oma, »da hab ich ein Seil mit den Zehen aufheben können. Ich war auch sehr schnell. Keiner der Jungen aus dem Dorf konnte es mit mir aufnehmen. Ich war flink wie ein Äffchen.«

»Evi auch«, gab Tom neiderfüllt zu. »Eine leuchtende Sportskanone.«

»Wahnsinnig leuchtend«, sagte Evi rasch, »das reinste Warnblinklicht.« Tom war nicht gerade sportlich, er war linkisch und schwerfällig. »Dafür ist Tom im Werfen eine Wucht.«

Oma hatte ihnen schmunzelnd zugehört. »Ich hatte damals einen Freund, der dir sehr ähnlich war, Tom. Er war der Sohn vom Nachbarbauern und hieß …«

Sie runzelte die Stirn.

»Er hieß …«

Ärgerlich schnippte sie mit den Fingern.

»Verflixt und zugenäht! An die überflüssigsten Kleinigkeiten erinnere ich mich, als wären sie erst gestern passiert, und dann, wenn ich mich an etwas wirklich Wichtiges erinnern will, ist mein Kopf wie leergefegt.«

Evi spürte Toms Blick.

Sie schaute nicht hin.

»Piet! Ja. Er hieß Piet und war ein Jahr älter als ich. Wenn er so richtig wütend war, dann senkte er den Kopf wie ein Bulle, stürmte los und suchte nach etwas, an dem er die Wut loswerden konnte. Einmal«, sie kicherte und hielt sich die Hand vor den Mund, »einmal hat er einen ganzen Holzstoß umgeworfen. Sein Vater hatte ihn eben erst aufgeschichtet. War das ein Geschrei.«

»Und dann?«, fragte Evi.

»Den Rest des Tages haben wir damit verbracht, den Stapel säuberlich wieder aufzubauen. Es war Brennholz für einen ganzen Winter. Ich habe mir dabei einen Span in die Haut getrieben. Das hat sich dann später entzündet, und meine Eltern mussten mit mir zum Doktor fahren, und der hat es aufgeschnitten. Da. Die Narbe kann man heute noch sehen.«

Sie hielt ihnen die rechte Hand hin. Über den Handballen zog sich eine zarte, blasse Linie.

»Piet war ein feiner Kerl, etwas ganz Besonderes. Ich wüsste zu gern, ob er noch lebt und was er tut. Mit zwanzig hat er das Dorf verlassen und ich habe nichts mehr von ihm gehört. Er war nicht der Mensch, der Briefe schreibt.«

»Warum hast du ihn nicht geheiratet?«, fragte Evi.

»Piet war auch nicht der Mann, der heiratet. Ich wette, er

hat es nie getan. Wenn er daran gedacht hätte, dann hätte er wohl mich gefragt.«

»Und Opa?«

»Opa?« Omas Gesicht wurde zärtlich und weich. »Mit Opa war es ganz anders als mit Piet. Ich habe mich Knall auf Fall in ihn verliebt.«

Sie schwieg und lauschte in sich hinein. Als sie wieder aufschaute, kam ihr Blick von weit her.

Ächzend fischte sie nach den Schuhen und schob sie sich über die Füße. Mühsam rappelte sie sich auf. »Zeit, mich ums Abendessen zu kümmern.«

Sie berührte Toms Schulter. »Bleibst du zum Essen, Piet?«

Evi zuckte zusammen.

»Gern«, sagte Tom.

Oma sah ihn nachdenklich an, dann drückte sie auf die Klinke, öffnete die Tür und ging hinaus.

11

Die Sommerferien begannen mit einer Hitzewelle. Schon morgens lastete die Luft auf den Straßen, und gegen Mittag wurde es so heiß, dass man Spiegeleier auf den Pflastersteinen hätte braten können.

Viele waren schon in die Ferien gefahren. Die Übrigen verkrochen sich in den Häusern und ließen die Rollos runter.

Oma trug ein leichtes Leinenkleid und Sandalen. Sie trällerte vor sich hin, während sie den Pflanzen im Wohnzimmer Wasser gab.

»Mir geht's wie den Kakteen«, sagte sie zu Evi, die schlapp im Sessel hing. »Ich fühle mich am wohlsten, wenn es so richtig heiß ist.«

Evi war zum Schwimmen verabredet und allmählich wurde es Zeit. Sie rappelte sich stöhnend auf, packte die Badetasche und band sich die verschwitzten Haare hoch. Kakteen, dachte sie und fragte sich, warum die Mehrzahl von Kaktus nicht Kaktusse hieß.

Oma rief sie in die Küche. »Hier. Damit ihr mir nicht verhungert.«

»Essen?« Evi schüttelte sich. Doch dann sah sie genauer hin.

Oma hatte keine Brote geschmiert, auf denen die Butter in der Wärme ranzig wurde, die Wurst glasig und der Käse hart. Sie hatte Melonenscheiben, gesalzene Nüsse und Eistee vorbereitet.

Evi packte alles ein, stopfte ein Buch dazu und holte das Fahrrad aus der Garage.

Tom hatte sich seine abgewetzte, verwaschene Schirmmütze tief in die Stirn gezogen. Seine Haut war hell und empfindlich. Auf seiner Nase und darum herum wimmelte es von Sommersprossen.

»Weißt du, wie viele es sind?«, hatte Evi ihn mal gefragt.

»Nee«, hatte er geantwortet. »Bei zweiundvierzig hab ich aufgehört zu zählen.«

Als sie jetzt nebeneinander herfuhren, betrachtete Evi ihn heimlich von der Seite. Er schwitzte und schnaufte. Noch einer, der die Vorlieben von Wüstenpflanzen nicht teilte.

Der Fahrtwind strich ihr übers Gesicht. Sie spuckte eine Mücke aus.

Das erinnerte sie an *Fliegendraht,* eines von Veras Gedichten. Zusammen mit zwei anderen war es in der letzten Ausgabe der Schülerzeitung abgedruckt worden und seitdem benahm Vera sich wie ein lange verkanntes Genie. Sie bereitete sich aufs Berühmtsein vor und redete längst nicht mehr mit jedem.

Es war nicht weit bis zur Badekuhle. Sie lehnten die Räder gegen die Böschung und gingen das letzte Stück zu Fuß. Fliegen surrten in den Büschen, zwischen denen blasse Heckenrosen schimmerten. Sie fanden einen schattigen Platz, breiteten die Strandmatten auf dem stachligen, vom vielen Liegen ramponierten Moos aus und streiften die Kleider ab.

Kinder plantschten an der seichten Stelle und wühlten den Grund auf. Evi und Tom glitten in das trübe Wasser und schwammen zur anderen Seite, wo niemand badete und das Wasser klar war, wo man jedoch nicht liegen konnte, weil das Ufer hier zu abschüssig war.

Evi tauchte hinunter in das stille Grün und sah einen Schwarm kleiner grauer Fische davonstieben. Sie hielt aus, so lange sie konnte, schnellte dann hoch zur blinkenden Oberfläche und schnappte nach Luft.

Als sie sich genügend abgekühlt hatten, beschlossen sie, zurückzuschwimmen und die Melonenscheiben zu essen, bevor sie warm wurden.

Kauend sah Evi sich um. Hinten bei den Birken lagen welche aus Veras Klasse. Sie knutschten und rieben sich gegenseitig mit Sonnenmilch ein, standen auf, wateten im knöcheltiefen Wasser, drehten und spreizten sich.

Vera und Roland waren nicht dabei. Bestimmt würden sie später noch kommen.

Ein wenig abseits saß eine alte Frau. Sie trug einen Strohhut mit breiter Krempe, über die ein Band herabfloss wie bei den Frauen in den Filmen von früher. Das Kleid über die Knie hochgeschlagen, die nackten weißen Beine nebeneinandergestellt, beaufsichtigte sie zwei kleine Kinder, die eine klatschmohnrote Luftmatratze durch das flache Wasser schoben.

Evi schluckte den letzten Bissen hinunter und legte sich auf den Bauch. Tom hatte sich dicht neben ihr ausgestreckt. Unter halb geschlossenen Lidern hervor betrachtete sie sein Gesicht.

Wenn sie sich je verlieben sollte, dann in ihn, aber nicht, bevor sie ungefähr siebzehn wäre.

»Wenn ich mich je …«, sagte sie und verstummte.

Tom beschattete die Augen mit der Hand. »Hä?«

»Ach, nichts.« Evi sprang auf die Füße und zog ihn hoch. »Komm ins Wasser.«

Wieder schwammen sie zum anderen Ufer hinüber. Evi machte lange, kräftige Züge. Als sie merkte, dass Tom mühelos an ihrer Seite blieb, zog sie an und ließ ihn hinter sich.

Sie stiegen aus dem Wasser und ließen sich keuchend auf dem schmalen Kiesstreifen nieder.

»Musst du immer gewinnen?«, fragte Tom. Er trug seine Brille auch beim Schwimmen. Die Gläser waren fleckig und nass. Ohne großen Erfolg rieb er mit den Fingern darüber.

»Immer.« Evi lachte.

Die alte Frau rief die Kinder aus dem Wasser, trocknete sie ab und half ihnen beim Anziehen. Dann ließ sie die Luft aus der Matratze, packte die Badesachen zusammen und ging mit den Kindern davon.

Sie war barfuß.

»Ich muss nach Hause.« Evi stand abrupt auf.

»Nach Hause? Aber die andern sind gleich hier.«

»Ich hab so ein komisches Gefühl.« Die Kiesel rollten unter Evis Füßen. »Wegen Oma.«

»Oma! Oma! Oma! Du redest allmählich von nichts andrem

mehr.« Tom betastete gereizt seine Arme, auf denen sich schon eine leichte Rötung zeigte.

Evi warf sich ins Wasser und kraulte mit gleichmäßigen Bewegungen.

»Warte!«, rief Tom ihr nach.

Mit jedem Zug wurde die Unruhe in Evi stärker. Vielleicht, dachte sie, fang ich wirklich langsam an zu spinnen.

»Evi! Mensch, warte doch!«

Tom platschte ins Wasser. Evi musste an ein Walross denken, aber sie fand den Gedanken nicht komisch.

Drüben kletterte sie an Land und trocknete sich hastig ab.

»Hi, Evi!« Das war Mariele.

Evi drehte sich um. Da waren sie, Mariele, Jenni, Kurt und Nick. Jenni hatte Olli dabei, sie hob entschuldigend die Hände.

Ihre Mutter hatte im letzten Jahr ein Studium angefangen. Seither kam Jenni oft mit dem fünfjährigen Olli im Schlepptau und noch öfter, seit zwischen ihren Eltern der offene Krieg ausgebrochen war.

Mittlerweile war auch Tom an Land geklettert. Er wollte nach seinem Handtuch greifen, doch Olli saß darauf und goss Schlick aus seinem Eimerchen darüber aus.

»Olli!« Jenni zerrte ihn hoch.

Olli schrie wie am Spieß, warf das Eimerchen hin, riss sich los und ließ sich, noch in Hose und T-Shirt, ins Wasser plumpsen. Tom hob das ruinierte Handtuch auf und ließ es seufzend wieder fallen.

Nick sah Evi an. »Du willst gehen?«

»Ich muss.« Evi rubbelte sich die Haare.

»Das kannst du mir nicht antun«, maulte Jenni, die nassen Sachen von Olli in der einen Hand, den nackten, zappelnden Olli an der andern. »Auf dich hört er. Lass mich nicht im Stich!«

Olli weigerte sich, seine Badehose anzuziehen.

»Guck mal.« Jenni zeigte auf die anderen Kinder. »Alle haben eine an.«

Das konnte Olli nicht überzeugen. Er presste die Lippen zusammen und schüttelte den Kopf.

Wortlos hielt er Evi einen schlaffen Wasserball hin. Sie blies ihn auf. Dabei wurde ihr schwindlig und Sterne tanzten vor ihren Augen.

Olli schnappte ihn sich und rannte zum Wasser zurück.

»Schonzeit.« Jenni sah ihm finster hinterher. »Ob mit Badehose oder ohne – meinetwegen kann er bleiben, bis er verschrumpelt ist wie ein Bratapfel.«

»Warum musst du denn jetzt schon weg?«, fragte Mariele.

»Sie hat so ein Gefühl«, erklärte Tom giftig.

Wütend stopfte Evi ihr Handtuch in die Badetasche. Wenn sie sich je verlieben sollte, dann bestimmt nicht in einen wie Tom! Sie warf einen Blick auf seine Arme und wünschte ihm inbrünstig einen ausgewachsenen Sonnenbrand.

»Bleib doch!« Nick fasste Evi an der Schulter. »Wir wollen hinterher noch Eis essen gehen.«

Evi schwankte. Das Gefühl der Unruhe war wieder schwächer geworden. Vielleicht hatte sie es sich ja überhaupt nur eingebildet.

Oma hatte seit Wochen keinen Aussetzer mehr gehabt. Der Sommer tat ihr gut. Die Gartenarbeit hatte ihre Haut gebräunt. Sie sah gesund aus und stark. Vielleicht würde sie nie wieder einen Aussetzer haben.

Aussetzer gefiel Evi besser als *Anfall*, wie die Eltern es nannten. Es klang harmlos. Wie ein Versehen. Wie etwas, über das man hinweggehen konnte, wenn es erst vorüber war.

Sie zog das Handtuch wieder hervor, breitete es zum Trocknen über einen Strauch und setzte sich auf ihre Matte. Dabei achtete sie darauf, Tom nicht zu nahe zu kommen.

Olli hatte Durst. Mit Schlammfüßen trampelte er über Matten, Handtücher und Kleidungsstücke und kauerte sich nass und kalt neben Evi.

»Cola!«, verlangte er.

»Hagebuttentee«, sagte Jenni. »Du weißt genau, dass ich nichts anderes eingepackt habe.«

Olli trank mit Todesverachtung, nahm seinen Ball und war wieder weg.

»Noch zwei Wochen«, sagte Mariele sehnsüchtig, und ihre Wimpern warfen lange Schatten auf ihre Wangen. »Dann sind wir endlich in Dänemark.« Sie stieß einen wohligen Seufzer aus. »Wir haben ein wunderschönes Häuschen gemietet, direkt am Meer.«

Nick fuhr mit seinen Eltern nach Griechenland, Kurt mit seiner Familie nach Spanien.

»Wir verreisen nicht«, sagte Jenni. »Meine Eltern trennen sich, diesmal endgültig.« Sie legte Ollis nasse Kleider in die Sonne. »Das bedeutet sechs Wochen Olli.« Trübsinnig versank sie in Schweigen.

Olli spielte mit einem kleinen Mädchen Verstecken im Schilf. Er verriet sich jedes Mal dadurch, dass er vor Aufregung quiekte, sobald das Mädchen sich seinem Versteck näherte. Sein Ball schaukelte vergessen auf dem flimmernden Wasser.

Evi drehte sich auf den Bauch, klappte ihr Buch auf und begann zu lesen.

»Immer noch sauer?«

Tom kitzelte sie mit einem Grashalm im Nacken. Sie reagierte nicht. Da wandte Tom sich ab und fing an, mit Mariele herumzualbern.

Evi las eine halbe Seite, dann trieben ihre Gedanken wie Ollis Ball davon. Sie stellte sich Oma vor, wie sie … ja, *was* tat?

Oma hatte sich für den Nachmittag verabredet, fiel ihr ein, mit dieser Frau Klapproth. Sie hatten sich vor einiger Zeit im Stadtpark kennengelernt und trafen sich seither häufig, um gemeinsam spazierenzugehen oder Kaffee zu trinken.

»Sie ist Witwe, genau wie ich«, hatte Oma erzählt, »und sie lebt allein in einem viel zu großen Haus.«

»Hat sie keine Kinder?«, hatte Evi gefragt.

»Ja und nein«, hatte Oma geantwortet. »Einen Sohn, eine Tochter und drei Enkelkinder. Aber sie sind zerstritten. Seit Jahren.«

Die Augen wurden Evi schwer. Das Gekreisch der Kinder,

das Geräusch aufspritzenden Wassers und die Stimmen von Tom, Mariele und den andern wurden leise und entfernten sich.

»Hoch mit dir, du Trantüte! Wir gehen Eis essen.«

Benommen öffnete Evi die Augen und tastete nach ihren Sachen.

»Erzählst du mir eine Geschichte?«, fragte Olli auf dem Weg zu den Rädern. Er schob seine kleine, sandige Hand in ihre. »Die vom Waldgespenst.«

»Nicht immer dieselbe, Olli.« Allmählich wich die Benommenheit aus Evis Kopf. »Die vom Waldgespenst kennst du doch schon auswendig. Eine andere, ja? Eine, die noch viel schöner ist.«

Sie hatte die Geschichte vom Waldgespenst irgendwann für Olli erfunden und so oft erzählt, dass sie sich inzwischen schon beim ersten Satz langweilte.

Olli verzog den Mund. Sein Gesicht wurde gefährlich rot.

»Das Waldgespenst«, sagte Evi rasch, »hatte einen Bruder. Der war mindestens vierhundert Jahre älter und ging gern schwimmen, obwohl er überhaupt nicht schwimmen konnte ...«

»Die vom Waldgespenst! Nich die von dem seinen Bruder!« Olli stampfte mit dem Fuß auf.

Jenni hob ihn hoch und wuchtete ihn in den Kindersitz.

Olli heulte und wehrte sich. Rotz lief ihm aus der Nase. Er leckte ihn auf.

»Lass mich fahren«, bat Evi Jenni.

Sie tauschten die Räder. Olli schlang die Ärmchen um Evi, schniefte noch ein paarmal und lehnte den Kopf an ihren Rücken.

»Weißt du was?«, rief Evi ihm über die Schulter zu. »Ich schreibe dir die Geschichte auf, dann kann Jenni sie dir vorlesen, so oft du willst!«

Olli nickte so heftig, dass das Rad ins Schwanken geriet.

Evi umklammerte den Lenker und plötzlich kehrte das Gefühl der Unruhe zurück.

Vor der Eisdiele setzte sie Olli ab. »Ich kann nicht mitkommen«, erklärte sie ihm. »Ich muss dringend was erledigen.«

Olli klammerte sich an ihr fest. »Nein! Nein! NEIN!«

Jenni löste seine Finger von Evis T-Shirt. Evi schnappte sich ihr Rad und flüchtete.

Ollis Gebrüll verfolgte sie bis ans Ende der Straße.

Sie fuhr, so schnell sie konnte. Der Schweiß rann ihr über die Haut, das Haar klebte ihr an den Schläfen fest.

Bei jedem Tritt verfluchte sie sich dafür, dass sie sich hatte überreden lassen zu bleiben. Verfluchte sich dafür, dass sie, wie die andern, ihr Handy zu Hause gelassen hatte, damit es nicht geklaut wurde.

Ein struppiger, ausgemergelter Hund drückte sich mit eingekniffenem Schwanz an der Friedhofsmauer entlang, vor der ein Mückenschwarm tanzte. Die Geräusche waren wie erstickt.

Evi schaute zum Himmel auf. Unmerklich hatte er sich bezogen. Ein Gewitter braute sich zusammen.

12

Die Haustür ließ sich nicht aufschließen, offenbar steckte von innen ein Schlüssel. Evi läutete Sturm. Sie hörte eilige Schritte, dann öffnete Vera. Unter der Sonnenbräune war ihr Gesicht blass.

»Oma ist im Krankenhaus«, sagte sie, verschränkte die Arme vor der Brust und machte einen krummen Rücken, als wäre ihr kalt.

Evi sank auf den Stuhl neben dem Telefontischchen. Entsetzt starrte sie Vera an.

»Sie lag im Wohnzimmer. Neben der Leiter.«

»Im Wohnzimmer? Neben der Leiter? Wie kommt denn die Leiter ins Wohnzimmer?«

»Frag mich was Leichteres. Sie war ohnmächtig, als ich sie gefunden habe, und sie blutete am Kopf.« Vera zeigte auf ihre linke Schläfe. »Ich hab Mama in der Praxis angerufen. Sie ist sofort gekommen. Zehn Minuten später war der Krankenwagen da.«

Evi nagte an der Unterlippe. Veras Worte brauchten eine Weile, um bis zu ihr vorzudringen. Sie stand auf, ging ins Wohnzimmer und sah die Leiter aufgeklappt am Fenster stehen.

Vielleicht wollte Oma den Vorhang abnehmen, dachte sie. Aber dazu hätte doch ein Stuhl ausgereicht. Stumm ragte die Leiter vor ihr auf. Sie schien immer größer zu werden.

Evi wandte den Blick ab. »Ich fahr hin.«

»Die können dich da jetzt nicht brauchen«, sagte Vera. »Mama wird sich schon melden, wenn's was Neues gibt.«

Allmählich kehrte die Farbe in ihre Wangen zurück.

Evi hörte nicht zu. Sie war auf dem Weg zur Tür, als es läutete.

Es war Tom. Ein reichlich zerknirschter Tom mit hängenden Armen und glühender Sonnenbrandnase.

»Da bin ich.«

Da war er, und er war zu spät.

Evi ließ ihn stehen und lief zu ihrem Rad.

»Oma ist im Krankenhaus«, erklärte Vera zum zweiten Mal.

Mehr brauchte sie nicht zu sagen. Tom hastete die Stufen hinunter und fuhr Evi nach.

Im Josefshospital hatte man Vera die Mandeln herausgenommen, doch das war schon ein paar Jahre her, und Evi kannte sich in dem Gebäude nicht mehr aus.

Die Eingangshalle sah aus wie das Foyer eines Hotels. Riesige Palmen fächerten ihre Wedel auf und reich bestückte Blumenbänke fassten eine Sitzgruppe ein. Aus der Cafeteria drang Stimmengemurmel. Es roch schwach nach Kaffee.

Tom folgte Evi auf Schritt und Tritt, stumm, elend, wie ein geprügelter Hund.

Vor der großen Hinweistafel blieb Evi stehen. »Kennst du dich damit aus?«

Eilfertig reckte Tom den Hals, rückte die Brille auf der Nase zurecht, las. Und sackte wieder in sich zusammen.

»Nö.«

Hinter der Glasscheibe saß der Pförtner und telefonierte.

»Den können wir fragen«, sagte Evi.

Tom, dankbar für das *wir,* stürzte auf das Fensterchen in der Glasscheibe zu. In diesem Augenblick kam Evis Mutter die Treppe herunter.

»Ich muss Papa anrufen«, sagte sie und schien sich gar nicht darüber zu wundern, dass sie Evi und Tom hier antraf. »Und Vera.«

Sie zog ihr Handy aus der Handtasche.

Evi wappnete sich. »Ist es schlimm?«

»Nur ein Kreislaufkollaps. Sie muss ein paar Tage zur Beobachtung hierbleiben, dann kommt sie wieder nach Hause.«

Evis Magen entkrampfte sich. »Darf ich zu ihr? Bitte!«

Mama, die zuerst den Kopf geschüttelt hatte, gab nach. »Erster Stock, Zimmer 117. Aber nur ein paar Minuten!« Sie sah Tom an. »Es wäre mir lieber, wenn Evi allein ginge.«

»Klar«, sagte Tom. »Ich warte solange.«

Evi lief die Treppen hinauf, immer zwei Stufen auf einmal.

Der Flur war lang und kahl. Es roch nach Putzmitteln, Medikamenten und Kräutertee. Eine junge Schwester in einem weißen Kittel, einer engen weißen Hose und weißen Crocs schob einen hohen, klappernden Servierwagen von

Zimmer zu Zimmer und brachte den Patienten ihr Abendessen.

Zimmer 117 lag in der Mitte des Flurs. Die Tür war von einem blässlichen Grün, wie alle Türen auf dem Gang. Evi klopfte an und schob sie auf.

Drei Betten standen an der rechten Wand. In dem Bett am Fenster lag Oma, die beiden anderen Betten waren unbenutzt und mit einer Folie abgedeckt, die im Luftzug raschelte.

Die Wände waren in einem matten Gelb gestrichen. Vor dem gekippten Fenster hing eine Gardine, die nicht ganz zugezogen war. Dahinter lag ein Stück dunkler Himmel und unter ihm ein Stück Park in fahlem Gewitterlicht.

Der erste Donner grollte.

Evi schloss die Tür ganz leise. Trotzdem hob Oma den Kopf.

»Evchen!«

Evis Sohlen quietschten auf dem Linoleum.

»Man kann das Bett verstellen«, sagte Oma. »Heb mal das Kopfteil an.«

Es ging ganz leicht.

»So«, sagte Oma, die jetzt beinah aufrecht saß. »Das ist besser.«

Von einem roten Pfropfen aus, der in ihrem Handrücken steckte, führte ein dünner Schlauch in eine Flasche, die an einem Ständer hing. Langsam tröpfelte eine wässrige Flüssigkeit aus der Flasche durch den Schlauch in Omas Hand, die in der Neonbeleuchtung aussah wie die leblose Hand einer Schaufensterpuppe.

»Da ist ein Stuhl«, sagte Oma. »Und guck nicht so erschrocken. Das ist nur eine Infusion. Es tut nicht weh.«

Evi zog einen Stuhl vom Tisch heran. »Wozu brauchst du das?«

»Angeblich zur Kräftigung«, sagte Oma. »Sie veranstalten ein ziemliches Theater mit mir.«

Sie sah angestrengt aus und hatte violette Schatten unter den Augen. An ihrer linken Schläfe klebte ein Pflaster.

»Deine Mutter sagt, ich bin von der Leiter gefallen.«

Evi nickte.

»Im Wohnzimmer.«

»Ja. Vera hat's mir erzählt.«

»Ich vermute, ich wollte den Vorhang abnehmen, um ihn zu waschen?«

In Evis Kopf bimmelte eine Alarmglocke.

»Du weißt es nicht?«

»Nein.« Omas Finger gruben sich in die Bettdecke. »Aber ich sollte es wissen! Man schleppt nicht eine Leiter aus dem Keller ins Wohnzimmer, wenn es keinen Sinn macht!«

Die Tür öffnete sich und eine ältere Schwester betrat fast geräuschlos das Zimmer. Sie schloss das Fenster, stellte ein Plastikschälchen mit Tabletten auf Omas Nachttisch und lächelte Evi zu. »Ihre Enkelin?«

»Hmh«, brummte Oma.

»Deine Großmutter braucht jetzt vor allem Ruhe«, sagte die Schwester zu Evi. »Ruhe, Ruhe und nochmals Ruhe. Und viel, viel Schlaf.«

»Unsinn«, sagte Oma unfreundlich. »Ich brauche nichts weiter als meine vertrauten vier Wände und mein eigenes Bett.«

Die Schwester stemmte die Arme in die breiten Hüften, sah streng auf Oma hinab und zwinkerte Evi dann zu.

»Das ist ein gutes Zeichen«, sagte sie. »Wenn sie erst anfängt zu schimpfen, dann ist sie bald wieder auf den Beinen.«

Aus einer braunen Warze an ihrem Kinn sprossen graue Stachelhärchen.

»Wehe, du verbündest dich mit denen hier!« Oma versuchte ein Grinsen, das kläglich verrutschte.

Evi stand auf. Sie gab Oma einen Kuss. »Ich komme morgen wieder.«

»Tu das«, sagte Oma müde.

An der Tür schaute Evi sich noch einmal um. Oma hob die freie Hand, um ihr zu winken. Neben der großen, kräftigen Schwester, die sich an ihrem Bettzeug zu schaffen machte, sah sie aus wie ein kleines, verlassenes Mädchen mit weißem Haar.

Evi besuchte sie jeden Tag. Oma brauchte die Infusion nicht mehr. Sie lag auch nicht mehr im Bett, wenn Evi kam, sondern saß angezogen am Fenster und wartete schon.

»Komm«, sagte sie jedes Mal. »Nichts wie raus hier.«

Sie fuhren mit dem Fahrstuhl runter und spazierten durch den Park. Das Licht funkelte zwischen den Blättern der Bäume, und wenn man den Windungen der Wege weit genug folgte, konnte man fast vergessen, dass man sich auf einem Krankenhausgelände befand.

Anschließend spendierte Oma Evi in der Cafeteria ein Eis.

Evi erzählte von zu Hause. Oma hörte ihr zu, doch manchmal führten ihre Gedanken sie woanders hin. Dann konnte es passieren, dass Evi mit dem Erzählen fertig war, still wurde und Oma es überhaupt nicht bemerkte.

»Entschuldige, Evi«, sagte sie einmal, als ihr die Stille plötzlich bewusst geworden war. »Mir geht so viel im Kopf herum.«

»Was denn?«

Oma steckte sich ein Stück Würfelzucker in den Mund und zerbiss es krachend. Ihr Blick richtete sich auf einen fernen

Punkt. »Lass uns später darüber reden, wenn ich mir über alles klarer bin.«

Eines Nachmittags saß eine alte Frau mit Oma am Tisch.

»Evi«, stellte Oma sie vor, »das ist Frau Klapproth.«

Frau Klapproth hatte eine tief gebräunte ledrige Haut. Ihr graues, dunkel gesträhntes Haar war im Nacken zu einem Knoten geschlungen, der von Haarklammern und einer dicken Hornspange gehalten wurde. Sie war groß und dünn und hatte den lappigen Hals eines Truthahns.

»Ich habe schon viel von dir gehört«, sagte sie und reichte Evi eine lange, kühle, knochige Hand.

Evi ließ sie rasch wieder los.

»Wollen wir noch ein bisschen durch den Park schlendern, bevor Sie gehen?«, fragte Oma. »Wir begleiten Sie dann bis zum Tor.«

»Gern.« Frau Klapproth griff nach einem schwarzen Stock, der neben ihr an der Wand lehnte, und erhob sich mühsam.

Sie wanderten gemächlich durch das Blattgefunkel. Auf den Bänken saßen Patienten in Bademänteln oder Jogginganzügen mit ihren Besuchern. Manche wurden im Rollstuhl über die Wege geschoben, andere humpelten auf Krücken vorbei.

Evi verspürte plötzlich einen unbezähmbaren Drang zu rennen. Zu rennen, bis ihr die Luft wegblieb. Aber sie tat es nicht.

»Ich habe mir ein Heim angesehen«, erzählte Frau Klapproth. »Es wird ja nicht besser mit meinen Knochen, eher schlimmer, und das große Haus macht mir zu viel Arbeit.«

»So ein wunderschönes Haus«, sagte Oma.

Frau Klapproth seufzte. »O ja. Es ist schön. Aber ich fühle mich doch ziemlich verloren, so allein in den vielen Zimmern.«

»Und das Heim?«, fragte Oma. »Wie hat es Ihnen gefallen?«

»Gefallen?« Frau Klapproth stieß den Stock in den roten Sand. »Die Leiterin hat die Stimme eines Feldwebels. Die Zimmer sind recht hübsch, aber sehr beengt. Natürlich gäbe es noch die Möglichkeit, dort ein größeres Apartment ...« Sie wiegte den Kopf hin und her und die Hautlappen an ihrem Hals gerieten in Bewegung. »Ich habe wieder einmal beschlossen, noch abzuwarten.«

Sie näherten sich der breiten, von Buchsbaumhecken gesäumten Zufahrt. Frau Klapproth verabschiedete sich.

»Ich freue mich auf unseren nächsten Kaffeeklatsch. Erholen Sie sich recht bald.«

Wieder reichte sie Evi ihre lange, kühle, knochige Hand und ging dann langsam davon, schwer auf den Stock gestützt.

»Das sind die Gedanken, die mir im Kopf herumspuken.« Oma sah ihr nach. »Ob ich nicht bald eine Last für euch werde und ob ich in einem Heim nicht besser aufgehoben wäre.«

»Eine Last?« Evi blieb wie angewurzelt stehen. »Wie kannst du so was sagen!«

»Und wenn ich einmal vergesse, den Stecker vom Bügeleisen rauszuziehen? Wenn ich nach dem Kochen den Herd nicht abschalte?«

»Du musst nicht bügeln«, sagte Evi. »Und auch nicht kochen. Vorher haben wir das doch auch alleine gemacht.«

Oma schaute an Evi vorbei.

»Ständig tue ich unbegreifliche Dinge, an die ich mich später nicht erinnere. Woher willst du wissen …«

»Nicht ständig«, unterbrach Evi sie. »Nur ab und zu.«

»Ab und zu ist genug, Evchen.«

Der Weg verschwamm Evi vor den Augen. Blind stolperte sie neben Oma her. Sie plinkerte die Tränen weg.

»Deine Mutter überlegt, ihren Beruf aufzugeben«, sagte Oma. »Um sich um mich zu kümmern.«

Evi plinkerte noch ein paarmal, bis der neblige Film vor ihren Augen verschwand. »Gut! Dann kann doch gar nichts mehr passieren.«

»Aber sie liebt ihren Beruf. Irgendwann würde sie sich fragen, ob das ihr Leben sein soll, sich Tag und Nacht um eine alte Frau zu kümmern. Sie hat etwas Besseres verdient, Evi.«

Oma berührte zaghaft Evis Schulter.

»Tag und Nacht! Alte Frau!« Evi stieß Omas Hand weg. »Warum übertreibst du nur dauernd so?«

Es war fast sechs. Oma musste zum Abendessen zurück. Stumm gingen sie nebeneinander her.

Die Schwester hatte das Tablett schon auf den Tisch gestellt. Oma hob den Deckel vom Teller. Brot, Butter, Aufschnitt, Käse und saure Gürkchen. Dazu gab es Pfefferminztee und als Nachtisch einen Apfel.

»Magst du was davon?«, fragte Oma.

Evi schüttelte den Kopf. Sie hatte keine Lust, mit Oma zu

reden, keine Lust, ihr auch nur eine einzige Frage zu beantworten, und sie hatte erst recht keine Lust, etwas zu essen.

»Übermorgen komme ich wieder nach Hause«, sagte Oma. »Dann sehen wir weiter.«

Sie aß und trank. Dann, auf einmal, verlor sich ihr Blick. Ihre Finger zerbröselten das Brot, zerzupften den Käse.

Sie war weit weg und Evi holte sie nicht von dort zurück. Sie war wütend und wollte wütend bleiben. Lauter als nötig stand sie auf und verließ das Zimmer. Oma bemerkte es nicht.

An diesem Abend konnte Evi lange nicht einschlafen. Der Wind schüttelte die Bäume, rüttelte am Garagentor und jammerte im Kamin. Evi wälzte sich im Bett herum. Ihre Augen brannten vor Müdigkeit. Gedanken irrten durch ihren Kopf. Keinen konnte sie richtig zu Ende denken.

Irgendwann ließ der Wind nach, die Gedanken wurden träge, und sie schlief endlich ein. Ihr Schlaf war unruhig und wurde von hässlichen, unklaren Träumen gestört.

Am nächsten Morgen waren ihre Augenlider schwer und heiß. Sie fühlte sich krank.

Das Frühstück verlief ruhig. Auch Vera und die Eltern hatten schlecht geschlafen, und niemand hatte Lust, zu reden.

Jasper, an solche Stille nicht gewöhnt, flitzte wie aufgedreht zwischen Küche und Wohnzimmer hin und her und jagte Staubflocken.

»Morgen hole ich Oma nach Hause«, brach Papa das Schweigen. »Willst du mitkommen, Evi?«

Evi nickte. Der muntere Ton ihres Vaters klang ihr falsch in den Ohren. Ein paarmal hatten die Eltern in den vergangenen Tagen mitten im Gespräch rasch das Thema gewechselt, als Evi dazugekommen war. Jetzt wusste sie, worüber sie geredet hatten.

»Ich backe ihr einen Ottilienkuchen«, sagte Mama, »nach einem von Opas Rezepten.«

Opa war ein leidenschaftlicher Koch und Kuchenbäcker gewesen. Den Ottilienkuchen hatte er zu seiner Spezialität entwickelt. Er hatte jedes Mal anders geschmeckt, weil Opa die Zutaten je nach Laune verändert hatte.

»Au ja«, sagte Vera. »Aber ohne Puderzucker.«

Da brach Evi in Tränen aus.

Bestürzt ließ Mama die Tasse sinken. »Was ist denn los mit dir?«

»Ihr dürft Oma nicht in ein Heim gehen lassen!«

»Sie hat mit dir darüber gesprochen?« Papa hob überrascht die Augenbrauen.

»Da staunst du, ja? Du hättest lieber, dass sie aus allem ein Geheimnis macht, genau wie ihr!«

Evi schrie das heraus. Es war wohltuend, denn es drängte die Tränen zurück.

»Oma braucht Schutz«, sagte Mama mit einer Geduld, die Evi noch mehr in Rage brachte. »Jemanden, der auf sie achtgibt.«

»Aber doch nicht fremde Leute!«

Evis Kopf dröhnte, der Mund wurde ihr trocken.

»Du hast selbst gesagt, dass ein Heim nicht gut für sie ist!«

»Sie will es so, Evi, und das müssen wir respektieren.«

Respektieren.

Hinter solchen Worten verschanzten sie sich immer, wenn

sie nicht in der Lage waren, etwas zu erklären. Was man nicht verstand, hatte man zu *respektieren*.

Ende der Diskussion.

Schluss.

Aus.

»Man kann sie nicht allein lassen«, mischte sich Vera ein. »Nicht für eine Sekunde.«

»Halt du dich raus!«, fauchte Evi sie an. »Dir ist Oma doch von Anfang an lästig gewesen!«

Sie sprang auf, lief hinaus und knallte die Haustür hinter sich zu. Glockengeläut schwang in der Luft. Verspätete Kirchgänger eilten mit klappernden Absätzen über die Straße, Vater, Mutter, zwei Kinder, alle in Sonntagsklamotten. Toms Eltern wollten gerade das Haus verlassen. Sie gingen jeden Sonntag mit Freunden zum Wandern. Tom blieb meistens zu Hause. Er fand Wandern ätzend.

»So früh schon?«, fragte Toms Vater und hielt Evi die Tür auf. Er hatte einen buschigen braunen Schnurrbart und erinnerte Evi immer ein wenig an Jasper. Sie hätte allerdings nicht sagen können, warum.

Toms Mutter war eine kleine, zierliche Frau, die ihrem Mann nur bis zur Schulter reichte.

»Tom ist obben«, sagte sie, »liggt faul auf derrr Aut.«

Sie war Französin und sprach mit einem starken Akzent.

»Reichlich faul«, bestätigte ihr Mann. »Ein bisschen Laufen würde ihm echt nicht schaden.«

Toms Mutter lachte. »Errr saggt, es morrrdet inn.«

Das Geläut der Glocken versickerte und machte dem Trätschen der Vögel Platz. Toms Eltern brachen auf. Evi stieg die Treppe zu Toms Zimmer hoch.

Tom lag auf dem Bett und las *Asterix als Gladiator.* Evi setzte sich auf die Bettkante und starrte auf das Aquarium.

»Gibt es eigentlich Altersheime für Fische?«, fragte sie übergangslos.

»Was?«

»Ob es Altersheime für Fische gibt.«

»Klar.« Tom grinste. »Kindergärten und Schulen für Fische gibt es auch. Manche Fische arbeiten sogar in Büros.«

In Evis Bauch kitzelte es.

»Sonst noch Fragen?«

»Massenhaft.«

Evi wusste genau, was sie vor allem fragen wollte. Sie hatte die Frage nicht so bald stellen wollen, doch nun platzte sie damit heraus.

»Das Heim, in dem deine Großtante wohnt – wie ist es da so?«

»Schaurig.« Tom verzog den Mund. »Lauter alte Leute, lange Gänge mit fetten Gummibäumen in den Ecken, es riecht nach Essen, und jeder zankt mit jedem.«

»Weswegen?«

Tom zuckte mit den Schultern. »Um den besten Platz vorm Fernseher, ob die Fenster offen oder zu sein sollen, um Sachen, die der eine hat und der andere nicht. So was eben.«

»Na toll«, sagte Evi düster.

»Warum willst du das wissen?«

Evi zog die Beine an, umschlang sie mit den Armen und legte das Kinn auf die Knie. »Wegen Oma. Sie will in so ein Heim.«

Sofort saß Tom kerzengerade. »Ins Heim? Deine Oma?«

»Bist du ein Papagei oder was?«

Evi konnte sich selbst nicht leiden. Ein Streit mit Tom war das Letzte, was sie jetzt brauchte.

»Aber da gehört sie doch gar nicht hin!«

»Mir musst du das nicht sagen. Sag's ihr!«

Sie erzählte von ihrem Gespräch mit Oma.

»O Mann«, sagte Tom wenig hilfreich.

Das Wasser im Aquarium gurgelte und gluckste friedlich. Die Sonne goss verschwenderisch Licht ins Zimmer. Es war nicht eben der passende Rahmen für einen Albtraum.

»Und was unternehmen wir dagegen?«, fragte Tom.

»Unternehmen!« Evi biss sich in den Handballen und betrachtete interessiert den Abdruck ihrer Zähne. »Was können wir schon unternehmen? Glaubst du im Ernst, Kinder setzen sich gegen Erwachsene durch?«

»Unwahrscheinlich«, gab Tom zu. Er stand auf, holte die Dose mit den getrockneten Flöhen und hielt sie Evi hin.

»Willst du sie mal füttern?«

Das hatte er ihr noch nie angeboten. Evi schraubte den Deckel auf.

Obwohl sie auf den Gestank vorbereitet war, traf er sie mit voller Wucht.

»Altersheime für Fische!« Tom schnalzte belustigt mit der Zunge. »Du kommst auf Ideen!«

Der Urlaub der Eltern war vorbei und auch die Ferien gingen dem Ende zu. Die Seiten des roten Notizbuchs füllten sich mit Blau, doch Oma schien das Interesse daran verloren zu haben. Sie fragte nicht ein einziges Mal danach.

Sie schneiderte an einem Kostüm für eine gute Bekannte der Eltern. Von früh bis spät surrte die Nähmaschine in ihrem Zimmer, der Teppich war mit Stecknadeln, Fäden und Stoffresten übersät.

Aus Angst, Jasper könnte sich an einer Nadel verletzen oder sich die Krallen an dem halb fertigen Kostüm wetzen, achtete Oma streng darauf, dass ihre Tür nie offen stand.

Seitdem war Jasper nur noch darauf aus, einen Augenblick der Unachtsamkeit auszunutzen, um Jagd auf verbotene Herrlichkeiten wie Garnrollen und Fingerhüte machen zu können. Unermüdlich lag er in den Nischen des Flurs auf der Lauer.

Evi klopfte an Omas Tür.

»Jaha!«

Evi hatte nach Jasper Ausschau gehalten, ihn jedoch nirgends entdeckt. Als sie nun die Tür öffnete, schoss er hinter der alten Truhe hervor, fegte zwischen ihren Beinen hindurch ins Zimmer und zwängte sich, platt wie ein Pfannkuchen, unter den Schrank.

Oma hatte sich umgezogen und stand gerade vor dem Spiegel, um den Hut aufzusetzen.

»War das nicht Jasper?«, fragte sie.

»Tut mir leid«, sagte Evi. »Er hat mich ausgetrickst.«

Oma warf den Hut aufs Bett, ließ sich vorm Schrank auf die Knie nieder, wedelte mit einem Stofffetzen, schmeichelte, lockte. Doch Jasper war nicht blöd. Sobald er den Kopf unterm Schrank hervorstreckte, würde sie ihn packen und gnadenlos wieder hinausbefördern.

»Hör dir das an!«, knurrte Oma. »Jetzt macht er sich auch noch über mich lustig.«

Aus den Tiefen seines Verstecks drang Jaspers Schnurren hervor. Oma rappelte sich auf und strich sich Fusseln von den Knien. »Verfluchter Dickschädel!« Sie nahm ihren Hut und setzte ihn auf.

»Du gehst weg?«, fragte Evi.

»Ja. Ich bin mit Frau Klapproth verabredet.«

Diesen Satz hatte Evi in den vergangenen Wochen viel zu oft gehört.

»Entweder du sitzt an deiner Nähmaschine oder du bist bei Frau Klapproth«, beschwerte sie sich. »Wir sehen uns nur noch zwischen Tür und Angel.«

»Da übertreibst du aber, Evi.«

Oma tupfte sich Parfüm hinter die Ohrläppchen und hängte sich die Tasche über die Schulter. Sie sah auf die Uhr.

»Ich muss los, bin schon viel zu spät dran. Morgen bleibe ich zu Hause und dann machen wir uns einen schönen Tag, ja?«

Während Evi vor dem Schrank auf dem Bauch lag und mit langem Arm nach Jasper tastete, dachte sie an das letzte Wochenende, als Frau Klapproth zum Kaffeetrinken gekommen war.

Jasper war mit gesträubtem Fell vor ihrem schwarzen Stock zurückgewichen.

»Er gewöhnt sich schon daran«, hatte Oma gesagt. »Kommen Sie nur.«

Jasper hatte sich nicht daran gewöhnt, ganz im Gegenteil. Im Wohnzimmer hatte er den Stock angefaucht und nach ihm geschlagen. Er hatte ihn noch eine Weile argwöhnisch beäugt und sich dann missmutig in den Garten getrollt.

Frau Klapproth trank zwei Gläser Likör. Ihre Wangen röteten sich und sie begann zu erzählen. Ihr halbes Leben hatte sie in England verbracht. Vera, die sich später mal, wenn sie erst eine berühmte Schriftstellerin sein würde, ein englisches Schloss kaufen wollte, löcherte sie deshalb mit Fragen.

Frau Klapproth erzählte von den Jahren in York, von ihrer Arbeit in einem Buchladen und dem Beruf ihres Mannes, der Goldschmied gewesen war. Ihre knochigen Hände mit den gekrümmten Fingern wurden lebhaft, ganz so, als gehörten sie gar nicht mehr zu ihrem Körper, als wären sie eigenständige Wesen.

Evi wandte den Blick von ihnen ab und genau in diesem Moment sah Frau Klapproth sie an. Ihre Augen waren von einem wässrigen, unbestimmten Blau. Dennoch waren es Augen, denen nichts entging, auch nicht die Ablehnung in Evis Blick.

Evi nutzte die erstbeste Gelegenheit, um sich davonzustehlen.

»Du bist eifersüchtig«, warf Vera ihr am Abend vor.

»Eifersüchtig! Blödsinn. Worauf sollte ich wohl eifersüchtig sein?«

»Du kannst es nicht ertragen, dass sie dir Oma wegnimmt.«

Evi lachte spitz auf. »Das kann sie gar nicht. Keiner kann das.«

Doch vorm Einschlafen, im tröstlichen Schutz der Kissen, wurde ihr klar, dass Vera recht hatte. Sie war tatsächlich eifersüchtig und das mit dem Wegnehmen stimmte in gewisser Weise auch. Immerhin war es Frau Klapproth gewesen, die Oma auf den Gedanken mit dem Altersheim gebracht hatte.

Nebenan telefonierte Vera mit Gott und der Welt. Das konnte noch Stunden so weitergehen. Aber an diesem Abend empfand Evi es als beruhigend.

Langsam glitt sie in den Schlaf.

Sie träumte von einem Park, in dem Dutzende alter Leute um ein Denkmal standen. Die Figur auf dem Sockel war eine Frau Klapproth aus grün bemoostem Stein, die ein Likörglas auf ihrem Stock balancierte.

Zwei Tauben tippelten über ihre Schulter, die verschmiert war von weißlichem Vogeldreck.

Am ersten Schultag war noch kein Unterricht. Herr Torbeck,

Evis Klassenlehrer, gab nur den neuen Stundenplan bekannt und teilte mit, wer in welchen Fächern unterrichten würde.

Evi, Tom, Jenni, Mariele, Nick und Kurt ließen die Ferien im Garten der Eisdiele ausklingen. Sie saßen im Schatten der mächtigen Kastanie, die Schultaschen gegen die klapprigen Stuhlbeine gelehnt, von denen der Lack abblätterte, warfen sich Wörter zu und lachten.

Nur Jenni war sehr schweigsam.

Antonio kam singend über den weißen Kies gestapft. Seine dunkelbraunen Schuhe waren staubig, sein Hemdkragen war weit geöffnet, auf seiner Brust blinkte ein goldenes Kettchen mit Medaillon.

»Für meine Lieblingsgäste! Prego!«

Er zeigte seine strahlenden Zähne und spendierte jedem eine Cola, in der Eiswürfel und eine halbe Zitronenscheibe schwammen. Dann sah er Jenni an.

»Warum bist du traurig, eh?«

Jenni brachte ein kümmerliches Lächeln zustande. Ihr Vater war aus der Wohnung ausgezogen. Diesmal für immer. Doch das wollte sie Antonio nicht erzählen.

Antonio stellte das Tablett ab, nahm fünf Bierdeckel und warf sie nacheinander in die Luft. Weil er jedoch überhaupt nicht jonglieren konnte, sprangen sie ihm bei dem Versuch, sie aufzufangen, aus den Händen.

Den letzten hielt er fest, zeigte ihn stolz herum und machte eine tiefe Verbeugung.

Jenni lachte.

»Ah! Sie lacht!« Antonio sammelte die Bierdeckel auf. »Molto bene! Serr gut!«

Er griff schwungvoll nach dem Tablett und watschelte, extra für Jenni, wie Charlie Chaplin ins Haus zurück.

Kurz darauf schallte sein Gesang aus den Fenstern der Küche.

»Du kommst doch auch zur Badekuhle heute Nachmittag?«, fragte Mariele Jenni.

»Ich kann nicht«, sagte Jenni. »Höchstens mit Olli, und dazu hab ich keine Lust.«

»Und wenn er bei meiner Oma bleibt?«, schlug Evi vor.

Jennis Gesicht hellte sich auf. »Glaubst du, sie würde das machen?«

Es war Liebe auf den ersten Blick. Oma führte Olli zum Teich. Sie zeigte ihm die Libellen und legte ihm eine Posthornschnecke in die Hand.

»Wo is Jasper?«, fragte Olli, nachdem er die Schnecke ausgiebig betrachtet und wieder ins Wasser geworfen hatte.

»Der macht einen Spaziergang«, sagte Oma. »Er wusste ja nicht, dass du zu Besuch kommen würdest.«

In Wirklichkeit hatte Jasper, der Olli und seine Ruppigkeit zur Genüge kannte, beim Klang von Ollis Stimme Hals über Kopf die Flucht ergriffen.

Olli schüttet seinen kleinen Rucksack aus. Legosteine, Matchboxautos und Buntstifte kullerten auf die Wachstuchdecke.

»Malen«, sagte er und zog Oma zum Tisch.

Als Evi und Jenni das Haus verließen, saßen Oma und Olli einträchtig nebeneinander und malten Dinosaurier.

Sie hatten die Badekuhle fast für sich allein. Das Wasser war lau und weich. Evi legte sich auf den Rücken und ließ sich treiben. Ein paar Züge von ihr entfernt, tauchte Tom unter und stieg prustend neben ihr wieder auf. Die Sommersprossen hatten sich explosionsartig vermehrt und über sein ganzes Gesicht verteilt.

Der Sommer verausgabte sich in einem Rausch von Farben und Gerüchen. Das Licht lag warm auf den Sträuchern. Die Blätter der Birken hatten ihren Glanz verloren und verfärbten sich bereits.

Bald würde es Herbst werden.

Als ob der Sommer das wüsste, dachte Evi. Als ob er sich noch einmal anstrengen würde, um allen zu zeigen, wie schön er ist.

»Meine Eltern haben mich im Tennisclub angemeldet«, erzählte Mariele, als sie sich wieder auf den Badematten niedergelassen hatten. Sie neigte den Kopf zur Seite und wrang ihr langes Haar aus. »Ich bin ihnen zu unsportlich.«

»Tennis«, murmelte Jenni, als wäre es ein Zauberwort. »Für so was haben wir kein Geld.«

»Schwimmen tut's auch«, sagte Kurt. »Oder Laufen.«

»Mit Olli an der Hand?«

Diese Vorstellung brachte sie alle zum Lachen. Jenni, als hätte sie sich eben erst wieder an Olli erinnert, sah auf die Uhr.

»Ich muss bald wieder los.«

Evi drehte sich auf den Bauch. »Oma nimmt das nicht so genau. Die beiden haben bestimmt jede Menge Spaß.«

»Aber ich muss noch kochen«, sagte Jenni.

»Kochen? Du?«

Tom und Nick fragten das gleichzeitig.

Jenni setzte sich auf. Sie war dünner geworden. Man konnte jede einzelne Rippe unter ihrem Badeanzug erkennen.

»Ich versuch's zumindest. Wenn meine Mutter nach Hause kommt, ist sie fix und alle. Da kann sie nicht auch noch kochen und den ganzen Haushalt schmeißen. Aber was ich so zurechtbrutschle«, in ihren Mundwinkeln erschien ein kleines Lächeln, »ist nicht gerade was für Feinschmecker. Ich kann euch ja mal zum Essen einladen.«

»Nee, lass mal«, sagte Nick. »Lieber noch 'ne Runde schwimmen.«

Erst als die Sonne schon hinter die Birken gewandert war, brachen Evi und Jenni auf. Sie nahmen den Weg über die Felder und durch das Gewerbegebiet.

Für gewöhnlich mied Evi diese Gegend, weil es hier keine Wohnhäuser gab, nur Lagerhallen, Schuppen und Fabrikgebäude. Aber es war der kürzeste Weg, und Jenni war inzwischen ziemlich unruhig, weil sie ein schlechtes Gewissen hatte.

Die Gegend war trostlos. Kein Mensch weit und breit, nur Stein, Wellblech, Glas und Beton. Kamille wuchs auf den noch unbebauten Grundstücken. Gras und Unkraut überwucherten eine aufgegebene Fabrik mit eingesunkenem Dach und zerborstenen Fensterscheiben.

»Vermisst du deinen Vater sehr?«

Gefährliche Frage, dachte Evi. Kann ich denn nie den Mund halten?

Ihre Befürchtung war unbegründet. Jenni verlor keineswegs die Fassung. Im Gegenteil.

»Vermissen? Ich hab eine Sauwut auf ihn! Die Familie passt ihm nicht mehr – also weg damit! Meine Mutter heult sich die Augen aus dem Kopf, und ich kann zusehn, wie ich mit Olli klarkomme!«

»Hat er … eine andere Frau?«

»Meinst du, das würde er mir erzählen? Er redet ja schon seit Monaten mit keinem mehr. Zuerst hatten sie ständig Streit, meine Mutter und er, und dann kam das große Schweigen.«

»Und Olli?«

»Olli?« Jenni kniff die Augen zusammen. »Der hat Albträume. Und macht wieder in die Hose. Die Kindergärtnerin hat gesagt, wenn er nicht aufhört, die andern Kinder zu verprügeln, dann kann er nicht in der Gruppe bleiben.«

»Olli? Olli soll …«

Jenni wurde schneller.

»Er schlägt um sich, weil er sich anders nicht zu helfen weiß.«

Irgendwo schepperte es.

Das erste Geräusch, das Evi, außer Vogelgezwitscher und Katzengeschrei, jemals hier gehört hatte.

»Vielleicht kommt dein Vater ja wieder zurück«, sagte sie unbeholfen, »vielleicht hat …«

»Er soll gefälligst bleiben, wo er ist!«, zischte Jenni. »Wir brauchen ihn nicht. Wir kommen prima alleine zurecht.«

Normalerweise hörte man Olli schon von Weitem, doch jetzt war alles still. Mit einem Gefühl der Beklommenheit stellte Evi das Rad ab und läutete.

Niemand öffnete.

Sie suchte nach dem Schlüssel. Ihre Hände zitterten plötzlich.

»Sei doch nicht so nervös«, sagte Jenni lachend. »So schlimm ist es nun auch wieder nicht, wenn ich ihn mal einen Augenblick warten lasse. Hauptsache, deine Oma ist nicht sauer deswegen.«

Evi ging voran. Bestimmt würde Olli gleich aus irgendeinem Winkel hervorstürzen, um sie zu erschrecken. Hinter ihr pfiff Jenni leise vor sich hin.

Oma saß auf der Terrasse, die Hände auf dem Schoß, die Innenflächen nach außen gekehrt.

»Entschuldigung«, sagte Jenni. »Wir sind ein bisschen spät dran.«

Evi berührte Omas Schulter und Oma wandte den Kopf.

Sie tat es langsam, wie in Zeitlupe.

»Wo ist Olli?«

Evi hoffte, dass Jenni die Angst in ihrer Stimme nicht bemerkte.

»Olli?« Oma runzelte die Stirn.

Evi beugte sich zu ihr hinunter.

»Olli«, flüsterte sie ihr ins Ohr. »Jennis kleiner Bruder.«

»Jenni?« Oma sah verträumt zu ihr auf.

Augenblicklich wurden Evis Hände nass von Schweiß. Sie drehte sich zu Jenni um.

Die lehnte am Türrahmen, ahnungslos. »Olli!«, rief sie. »Beeil dich gefälligst!«

Evis Gedanken überstürzten sich.

»Olli! Komm raus! Ich finde dich sowieso!« Jenni betrat den Rasen. Sie schaute hinter jeden Strauch, wie Evi eben noch fest davon überzeugt, dass Olli ein Spiel mit ihr spielte. »Wir haben keine Zeit mehr, Schätzchen! Ich muss kochen!«

Evi versuchte es noch einmal.

»Der kleine Junge. Olli. Du hast auf ihn aufgepasst, weißt du nicht mehr?«

Oma sah sie an, aber sie sah sie nicht.

»Olli«, murmelte sie. »Es gab mal einen Schauspieler, so einen dicken, lustigen. Damals. Im Stummfilm.«

Sie lächelte und schloss die Augen. Erinnerte sich. An den falschen Olli.

Jenni kam wieder auf die Terrasse.

»Dieses kleine Monster macht mich fertig! Ist er hier draußen?«

Oma öffnete die Augen. »Draußen …«

Es wunderte Evi, dass Jenni so blind war. Und es erleichterte sie.

»Komm«, sagte sie mit gespielter Heiterkeit. »Wir suchen ihn. Eins, zwei, drei, wir kooommen!«

»Na, der kann was erleben«, sagte Jenni.

Sie fanden ihn in einer Seitenstraße. Er hockte in einem Vorgarten und streichelte eine junge, rot gefleckte Katze. Jenni baute sich vor ihm auf. Ihr Schatten fiel auf sein Gesicht.

»Du solltest doch bei Evis Oma bleiben.«

Olli sah blinzelnd zu ihr auf.

»Die Oma kennt mich gar nich mehr. Aber die Katze, die kennt mich, guckt!«

Das Kätzchen angelte mit spitzen Krallen nach seiner Hand.

Jenni zog Olli auf die Füße.

»Will *hier-blei-ben*!«

Jenni schleifte ihn hinter sich her. Olli ließ sich fallen. Jenni hob ihn auf und trug ihn, obwohl er strampelte, brüllte und nach ihr schlug.

Vorm Haus setzte sie ihn ab. Olli warf sich hin und heulte.

»Ich hol seine Sachen«, sagte Evi rasch.

»Aber ich hab mich noch gar nicht bei deiner Oma bedankt.«

»Das kannst du ja nachholen.«

Oma und Jenni durften sich heute auf keinen Fall noch einmal begegnen.

»Gut. Ich schnall ihn schon mal auf dem Kindersitz fest.«

Evi lief auf die Terrasse, sammelte Ollis Spielzeug und die Stifte ein, stopfte alles in seinen Rucksack und brachte ihn hinaus.

Ollis Gesicht war rot und verschwitzt. Er versuchte, sich aus dem Kindersitz zu befreien, aber Jenni hielt ihn fest.

Sie hängte den Rucksack an die Lenkstange, stieg auf und fuhr los.

»Tschühüs!«, rief sie über die Schulter. »Bis morgen!«

»Bis morgen!«, rief Evi und schloss aufatmend die Tür.

Oma hatte sich nicht vom Fleck gerührt.

»Willst du nicht ein bisschen schlafen?«, fragte Evi.

»Schlafen«, murmelte Oma.

Als sie aufstand, verlor sie das Gleichgewicht. Evi fing sie auf. Sie führte Oma die Treppe hinauf, in ihr Zimmer und schlug die Bettdecke zurück. Oma ließ sich schwer auf das Bett fallen. Evi zog ihr die Schuhe aus und deckte sie zu.

16

Als Evi am nächsten Morgen in die Küche kam, war der Vorhang noch zugezogen und der Tisch noch nicht gedeckt. Sie ließ Licht herein, brachte die Kaffeemaschine in Gang, setzte Teewasser auf und holte Geschirr aus dem Schrank.

»Was'n hier los?« Vera schlurfte zu ihrem Stuhl, streckte die langen Beine aus und wusselte sich durchs Haar.

»Oma hat verschlafen«, sagte Evi so gleichmütig wie möglich.

»Als ich gestern nach Hause kam, war sie doch schon im Bett. Hat sie die Schlafkrankheit oder was?«

Bei jedem Gang zum Tisch waren Veras Füße im Weg.

»Statt hier rumzuhängen«, sagte Evi, »könntest du mir großzügigerweise vielleicht mal helfen.«

Seufzend rappelte Vera sich auf, schlappte zum Kühlschrank, öffnete ihn und gähnte hinein. »Und mein Müsli?«

»Musst du dir schon selber machen.« Evi schob Vera beiseite und griff nach der Milch.

»Ich bin ein kreativer Mensch«, stöhnte Vera. »Ich bin solchen Anstrengungen morgens nicht gewachsen.«

Evi hatte keine genaue Vorstellung von kreativen Menschen. Ihre Schwester jedenfalls war Anstrengungen, die mit dem Haushalt zusammenhingen, zu keiner Zeit gewachsen.

Als die Eltern herunterkamen, war alles fertig, und Veras Beitrag zum Frühstück bestand einzig und allein darin, dass sie die Margarine vom Kühlschrank zum Tisch getragen hatte.

Auf ihr Müsli verzichtete sie. Offenbar brauchten kreative Menschen eine funktionstüchtige Großmutter, um eine Banane zu zerdrücken und einen Apfel zu reiben.

»Oma schläft noch?« Papa schaute verwundert in die Runde. »Sie steht doch sonst immer mit den Hühnern auf.«

»Was'n für Hühner?«, fragte Vera.

»Schon gut«, sagte Papa. »Schlaf weiter.«

»Olli hat sie echt geschafft«, sagte Evi. »Der schafft jeden.«

»Das kann man wohl sagen.« Mama faltete die Zeitung auseinander. Vera klappte ihr Biologiebuch auf. Papa inspizierte seinen Terminkalender. Das Thema war erledigt, niemand hatte Verdacht geschöpft.

Evi beeilte sich mit ihren Cornflakes, huschte nach oben und horchte an Omas Tür. Sie hörte ein schleifendes Geräusch, dann ein Rascheln und Omas Murmeln.

Sie klopfte. Oma zog sich gerade hastig an.

»Mein Gott! Ich habe verschlafen!« Sie nestelte an den Knöpfen ihrer Bluse. »Warum hast du mich nicht geweckt?«

Sie erinnerte sich nicht.

Gut so. Gut.

Evi würde ihr bestimmt nicht dabei helfen. Sie würde den grauen Tag stillschweigend notieren und einfach behaupten, sie hätte das Buch verlegt, falls Oma es wider Erwarten sehen wollte.

»Reg dich nicht auf«, sagte sie. »Wir haben alles im Griff.«

»Und eure Pausenbrote?«

»Geschmiert und eingewickelt.« Evi gab Oma einen flüchtigen Kuss, packte in Windeseile ihre Schultasche und verließ das Haus. In der ersten Stunde schrieben sie eine Mathearbeit. Sie musste pünktlich sein.

»Hoffentlich quatscht Olli nicht«, sagte Tom.

Etwas in Evi hüpfte auf. Daran hatte sie nicht gedacht.

Die Oma kennt mich gar nich mehr.

Jenni hatte dem keine Beachtung geschenkt, weil sie so hektisch gewesen war. Aber was, wenn Olli es noch einmal gesagt hatte, später, als Jennis Hektik verflogen war?

»Ich erwürg ihn«, sagte Evi.

»Genau.« Tom nickte wie ein weiser alter Mann. »Du erwürgst ihn. Eine geniale Lösung.«

»Weißt du eine bessere?«

»Erschießen vielleicht«, überlegte Tom. »Oder ertränken? Es gibt da verschiedene Möglichkeiten. Du könntest ihn auch …«

»Tom! Das ist eine verdammt ernste Sache! Vielleicht hat Oma die hirnrissige Idee mit dem Heim längst begraben, aber wenn sie das mit Olli jemals rauskriegen sollte …«

Doch da waren sie schon an der Schule angelangt.

Weil Jenni wegen der Mathearbeit noch einmal ins Buch gucken wollte, konnte Evi erst in der Pause mit ihr sprechen.

Jenni wartete an der Tür auf sie und sie gingen gemeinsam hinaus.

»Olli plappert ziemlich wirres Zeug«, sagte Jenni, schnupperte an ihrem Brot und verzog den Mund. »Leberwurst! Meine Mutter weiß genau, dass ich Leberwurst nicht ausstehen kann!«

»Willst du meins? Ich hab Käse drauf.«

Sie tauschten die Brote und mischten sich ins Getümmel auf dem Schulhof.

»Er meint, deine Oma hätte lauter komische Sachen gesagt.«

Evi lachte scheinheilig auf. »Komische Sachen? Wieso?«

Jenni kaute mit vollen Backen. »Weiß nicht. Du kennst doch Olli.«

Evi wartete ab. Sie musste herausfinden, wie viel die Freundin wusste.

»Und er behauptet steif und fest, sie hätte ihn vergessen.«

Jenni sah Evi an und Evi versuchte ihren Blick zu deuten. Es steckte keine Frage darin, kein Misstrauen und kein Vorwurf.

»Als ob man Olli vergessen könnte!« Evi lachte wieder und bat Olli im Stillen um Verzeihung für diesen Verrat.

»Wem sagst du das?« Jenni knüllte das Butterbrotpapier zusammen und stopfte es in die Hosentasche.

Evi entspannte sich. Sie hatte plötzlich großen Hunger, verschlang Jennis Brot und machte lange, erleichterte Schritte.

»Heh!«, sagte Jenni. »Wir rennen doch nicht um die Wette!«

Das Morgenchaos in der Küche war beseitigt, das Mittagessen fertig, und auf dem Tisch stand ein frischer Blumenstrauß.

Evi spürte, wie sich der Rest von Anspannung in ihr verflüchtigte. Sie ließ sich auf ihren Stuhl fallen und fing an, von der Schule zu erzählen.

Vera war mit einer Freundin nach Hause gegangen. Sie hatten am Nachmittag eine Arbeitsgemeinschaft und wollten sich zusammen drauf vorbereiten.

Evi war gern mit Oma allein.

Heute kam es ihr besonders gelegen.

Oma hörte ihr lächelnd zu. Evi betrachtete forschend ihr Gesicht und fand keine alarmierenden Spuren darin. Es war alles in Ordnung. Satt und zufrieden leckte sie ihren Teller ab.

»So. Der muss jetzt nicht mehr in die Spülmaschine.«

»Wie appetitlich!« Oma schüttelte sich.

Evi schob ihren Stuhl zurück. Sie hatte sich schon halb erhoben, da stellte Oma die Frage.

»Wo habt ihr ihn gefunden?«

Evi erstarrte.

»Gefunden?«

Lässig. Ganz lässig.

Sie setzte sich wieder hin.

»Wen?«

»Evi«, sagte Oma, »wir wollen uns doch nichts vormachen, du und ich.« Ihr Gesicht war unverändert, aber mit einem Mal fand Evi es zu heiter, zu sorglos. Es verdeckte etwas, das ihr vorher entgangen war.

»Er hat mit einer kleinen Katze gespielt. Olli ist verrückt nach allem, was ein Fell und vier Beine hat.«

Oma schwieg.

»Gleich hier um die Ecke. Er war putzmunter, er … Katzen mag er nämlich ganz besonders. Wenn er sie nur nicht immer am Schwanz ziehen würde. Jasper zum Beispiel …«

»Evi«, unterbrach Oma sie, »du kannst es nicht einfach wegreden.«

»Wegreden? Wieso wegreden?«, hörte Evi sich stumpfsinnig nachplappern. »Ihm ist doch nichts passiert.«

»Aber es hätte ihm etwas passieren *können.*«

Evi setzte eine gleichgültige Miene auf.

»Er ist fünf«, sagte Oma leise. »Fünf, Evi!«

Evi starrte auf ihren blank geleckten Teller. »Olli läuft doch dauernd weg. Jenni ist ständig hinter ihm her.«

»Aber *ich* war nicht hinter ihm her. Ich habe es nicht mal *bemerkt.*« Oma knetete ihre Finger, das einzige äußere Anzeichen ihrer Erregung. »Ihm hätte wer weiß was zustoßen können.«

Sie langte über den Tisch und griff nach Evis Hand.

»Jetzt ist es nicht mehr nur mein Problem, Evi. Jetzt nicht mehr.«

Evi zog die Hand weg.

Eine Träne tropfte auf ihren Teller.

Oma hatte sich für das zimtfarbene Kostüm, die Bluse mit dem Lianenmuster und ihre Ausgehschuhe entschieden, die mit dem kleinen Absatz.

»Wir wollen den Heimleiter ja nicht gleich erschrecken«, sagte sie und stülpte sich einen plattgedrückten, schlabbrigen Hut aufs Haar, der ihre ordentliche Aufmachung fröhlich Lügen strafte.

Ach bitte, erschreck ihn doch, dachte Evi. Zieh die knallbunte Flatterhose, die Flickenbluse und die fransige Weste an und dazu die alten Gartenlatschen, damit er dich gleich wieder rauswirft.

»Vermutlich hat er seine genauen Vorstellungen davon, wie eine Frau von sechsundsiebzig auszusehen hat«, fuhr Oma fort. »Nett, apfelbäckig und gediegen.« Sie zupfte eine Haarsträhne unter dem Hut hervor und betrachtete sich im Spiegel. »Einen Hauch Rot auf die Lippen? Oder auf die Wangen?«

»Das machst du doch sonst auch nicht«, sagte Evi.

»Recht hast du!« Oma warf einen letzten Blick in den Spiegel und griff nach ihrem Mantel.

Sie nahmen den Bus. Das Heim lag in einem Vorort am entgegengesetzten Ende der Stadt. Zuerst kämpfte sich der Bus durch dichten Verkehr, dann wurde es auf der Straße ruhiger.

Die Bäume hatten sich schon verfärbt. Ihre Blätter leuchteten braun, rot, gelb in der milden Sonne.

Evi versuchte sich einzureden, sie seien zu einem harmlosen Ausflug aufgebrochen, doch es gelang ihr nicht. In ihrem Magen schlingerte es. Schweiß sammelte sich unter ihren Armen.

In den gepflegten Gärten standen aufgeputzte Häuser. Sie sahen aus wie die Häuschen in der Landschaft einer Modelleisenbahn. Tatsächlich entdeckte Evi auch Gleise und wenig später einen Zug, der eine Zeitlang neben der Straße herfuhr und dann in einem Tunnel verschwand.

An der letzten Haltestelle stiegen sie aus.

Endstation, dachte Evi.

Sie kletterten durch enge, holprige Gassen mit Kopfsteinpflaster bergauf. Bald würden die Leute anfangen, ihren Garten auf den Winter vorzubereiten.

Winter, dachte Evi.

Alles hatte plötzlich eine doppelte Bedeutung und hinterließ einen schalen Geschmack auf der Zunge.

»Schön ist es hier«, bemerkte Oma tapfer. »Findest du nicht?«

»Nein!«, gab Evi wütend zurück. Sie begleitete Oma zwar, aber sie würde sich von ihr nicht zur Verbündeten machen lassen.

Das Heim war ein lang gestrecktes Gebäude mit rotem Klinker und vielen Fenstern. Es war von einer weiten, welligen Rasenfläche umgeben, auf der einige alte Leute umhergingen oder auf Bänken saßen.

Oma wurde langsamer.

Der Heimleiter hieß Meineke. Er war groß und schwer und trug eine randlose Brille. Sein dunkles Haar war von grauen Fäden durchzogen und begann sich von der Stirn zurückzuziehen. In ein paar Jahren würde er kahl sein.

Neben seinem Schreibtisch siechte eine schüttere Birkenfeige dahin, die eben ein weiteres Blatt verlor. Mit einem trockenen Geräusch landete es auf den hellen Fliesen. In einer Ecke stand ein mächtiger Philodendron mit breiten, verstaubten Blättern, dessen Luftwurzeln bis auf den Boden reichten.

Der Schreibtisch war vollgepackt mit Büchern und Stapeln von Papier. Die Wände waren mit Aquarellen verziert. Vor dem Fenster hing eine gelbliche Gardine, die sich in den Stacheln eines bauchigen Kaktus verfangen hatte.

All das nahm Evi beinahe gleichzeitig wahr, bevor Herr Meineke seinen schwarzen Lederstuhl zurückschob und aufstand, um sie zu begrüßen. Er hatte ein offenes Lächeln und um seine Augen wurden freundliche Fältchen sichtbar.

Das ärgerte Evi. Sie wollte nicht, dass er ihr gefiel.

Herr Meineke führte sie zu dem Tisch in der Ecke, nahm Oma den Mantel ab, Evi die Jacke und legte beides über einen Stuhl. Sie setzten sich.

Evi horchte auf die Geräusche hinter der Tür. Schritte. Klappern. Telefongeklingel. Rufe. Gelächter.

Dazwischen hörte sie Herrn Meineke Worte sagen wie

Apartment. Einzelzimmer. Doppelzimmer. Finanzielle Regelung. Ärztliche Bescheinigung. Notfall.

Sie zwang sich hinzuhören.

»… frühestens Anfang des Jahres«, sagte Herr Meineke gerade.

Das Schlingern in Evis Magen wurde zu einem Rumpeln.

»Kann ich ein bisschen in die Halle gehen?«

»Tu das nur«, sagte Oma.

In der Halle standen zwei runde Tische mit Stühlen. An dem einen saßen zwei alte Frauen und ein alter Mann. Sie redeten nicht, lasen nicht, sahen nur umher und streiften Evi mit einem teilnahmslosen Blick.

An dem anderen Tisch saß eine alte Frau mit gelbweißen Haaren. Sie schimpfte halblaut vor sich hin und stieß im Takt der Worte mit ihrem Stock auf den Boden.

Dann kicherte sie und schaute sich um.

Sie erblickte Evi und ihr Kichern ging in ein gehetztes Murmeln über.

»Hallo«, sagte Evi.

Die alte Frau antwortete nicht. Ein dünner Speichelfaden lief ihr aus dem Mundwinkel übers Kinn. Ein alter Mann in einem Rollstuhl wurde von einer Frau in die Halle geschoben. Beim Fenster ließ sie ihn allein. Reglos blieb der alte Mann sitzen.

Die alte Frau mit dem gelbweißen Haar stand auf. Sie war nicht größer als ein Kind, kam erstaunlich flink auf Evi zu und zog den Stock dabei hinter sich her.

»Er wartet«, flüsterte sie und zeigte verstohlen auf den Mann im Rollstuhl. »Jeden Nachmittag wartet er da. Aber der Sohn kommt nicht, der feine Herr. Er ist noch nie gekommen. In den ganzen letzten Jahren nicht.«

Evi widerstand der Versuchung, zurückzuweichen.

»Wie meine Tochter.« Die alte Frau drängte sich an Evi heran. »Die kommt auch nicht, sie ist nämlich tot, schon lange.«

Evi hielt die Luft an. Der Atem der alten Frau roch faulig, und aus ihren Kleidern stieg ein penetranter Duft auf, der verriet, dass sie sich lange nicht mehr gründlich gewaschen hatte. Sie sah Evi lauernd an. Ihr Blick schien auf etwas zu warten. Dann wurde er böse. Sie drehte sich um und schlurfte grummelnd zum Tisch zurück.

Eine stämmige Frau um die fünfzig durchquerte die Halle und betrat das Büro des Heimleiters. Wenig später kam sie zusammen mit Oma wieder heraus.

»Meine Enkelin«, sagte Oma. »Evi, das ist Frau Scholmann. Sie wird uns alles zeigen.«

Das Rumpeln in Evis Magen hatte sich seit dem Zusammentreffen mit der alten Frau in eine nagende Übelkeit verwandelt.

»Tachchen!« Frau Scholmann kräuselte die Lippen zu etwas, das wohl ein Lächeln sein sollte. Ein goldener Schneidezahn blitzte auf.

Sie gingen über lange Flure, fuhren mit dem Fahrstuhl rauf und runter. Frau Scholmann öffnete Türen und schloss sie wieder. Und währenddessen redete, redete und redete sie.

Man müsste die abstellen können, dachte Evi und bedauerte die alten Leute, die diesen Redefluss tagtäglich über sich ergehen lassen mussten.

Sie besichtigten überheizte Zimmer mit zwei Betten, mit einem Bett, den Speisesaal, die Küche und Gemeinschaftsräume, in denen alte Leute vorm Fernseher saßen und nicht mal den Kopf nach ihnen drehten. Sie sahen ein kleines, enges Apartment, die Krankenstation, die Toiletten.

Zuerst stellte Oma noch Fragen, doch dann wurde sie still.

Frau Scholmann schien es nicht zu kümmern, ob man ihr zuhörte oder nicht. Ihre Stimme war seltsam unbeteiligt, selbst wenn sie sich überschwänglich gab.

Genauso gut könnte sie an einem Marktstand bedienen, dachte Evi. Es ist ihr egal, ob sie es mit Kartoffeln, Radieschen oder Tomaten zu tun hat, oder mit Menschen.

Als sie wieder in den Fahrstuhl steigen wollten, empfing sie ein scharfer, säuerlicher Geruch. Jemand hatte sich auf den Boden übergeben. In der braunen, wässrigen Flüssigkeit lagen Stücke unverdauter Nahrung.

Evi würgte.

»Na, Mahlzeit!«, schimpfte Frau Scholmann. »Und sagen einem nicht mal Bescheid! Als hätte man nicht genug zu tun in diesem Irrenhaus!«

Sie ließ sie stehen, lief fluchend den Flur entlang und verschwand hinter einer Tür.

So ist sie also, wenn sie ihre Maske abnimmt, dachte Evi.

»Komm«, sagte Oma. »Ich habe genug gesehen.«

Sie stiegen die Treppe hinunter. Oma ging noch einmal zu

Herrn Meineke ins Büro und kam gleich darauf mit ihrem Mantel und Evis Jacke wieder heraus.

In der Halle hatte sich nichts verändert. Die beiden alten Frauen und der alte Mann saßen noch immer wortlos an dem einen Tisch, an dem andern hockte murmelnd die alte Frau mit dem Stock. Der alte Mann im Rollstuhl schien sich nicht bewegt zu haben. Die Arme lagen noch genau so auf den Lehnen wie vorher. Sein Blick war unverwandt auf die Tür gerichtet.

In der Tür drehte Evi sich nach ihm um. Der alte Mann schaute sie an und lächelte. Evi lächelte zurück.

Draußen sog sie tief die Herbstluft ein.

»Grundgütiger Himmel«, sagte Oma. »Allmächtiger!«

18

Es dauerte eine Weile, bis Frau Klapproth ihnen aufmachte.

»Das ist ja eine Überraschung! Evi! Wie schön, dass du mitgekommen bist!«

Evi wollte ihr die Hand geben, doch Frau Klapproth legte ihr wie selbstverständlich den Arm um die Schultern und drückte sie kurz an sich. Dann ging sie voran in einen großen, hellen Wohnraum, der mit alten Möbeln eingerichtet war.

An der Wand links neben der Tür hing eine Pendeluhr, die laut und behäbig tickte. Die angrenzende Wand war vom Boden bis zur Decke mit Regalen bedeckt, die von Büchern und Zeitschriften überquollen.

Rechts führten zwei Stufen auf eine tiefer gelegene Ebene hinab, auf der sich ein kleiner runder Tisch und zwei Korbsessel vor einem offenen Kamin befanden. Der Kamin war sauber gefegt und schien in diesem Herbst noch nicht benutzt worden zu sein.

Auf den Fensterbänken drängten sich kräftige Topfpflanzen. Dahinter lag ein großer Garten.

»Wir sind so niedergeschlagen«, sagte Oma. »Wir brauchen

dringend Aufmunterung.« Sie zog den Hut vom Kopf. »Frau Perge und Herr Ronnebach sind noch nicht da?«

Frau Perge und Herr Ronnebach waren Freunde von Frau Klapproth. Oma hatte schon oft von ihnen erzählt, aber Evi hatte sie bisher noch nicht kennengelernt.

»Sie müssen jeden Moment eintreffen.«

Frau Klapproth nahm Omas Hut. Das gellende Pfeifen eines Wasserkessels ertönte. Sie legte den Hut auf einer Kommode in der Diele ab und ging in die Küche hinüber. Oma und Evi folgten ihr.

Auf einem Wandbord standen Dutzende von Kräutergläschen. Überall kletterten und rankten Pflanzen. Es duftete nach frisch gebackenen Pflaumenkuchen, der noch unzerschnitten auf dem Blech lag.

Frau Klapproth zeigte Evi das Geschirrfach. »Nimmst du bitte noch ein Gedeck heraus?«

Der Tisch war für vier Personen gedeckt. Neben einem Strauß bunter Anemonen brannte eine Kerze. Evi stellte ein weiteres Gedeck dazu.

Frau Klapproth brühte den Tee auf. Ihr Stock lehnte griffbereit am Schrank.

»War es so schlimm?«

Oma zog ein Messer aus einer der Schubladen und begann, den Kuchen zu zerteilen. »Sie wissen, wie es dort ist.«

Frau Klapproth schichtete die Kuchenstücke auf einen gläsernen Tortenteller. »Ja. Das weiß ich allerdings.«

Sie reichte Evi den Teller und nahm eine Schale mit geschlagener Sahne aus dem Kühlschrank. In diesem Augenblick klingelte es, drei unterschiedlich hohe, bebende Klänge. Frau Klapproth griff nach ihrem Stock und ging hinaus, um zu öffnen.

Herr Ronnebach war etwas über siebzig, groß und hager, hatte rauchgraues, dichtes Haar und ebenso graue, buschige Augenbrauen.

Frau Perge war ein wenig jünger und wirkte neben ihm noch kleiner und rundlicher, als sie ohnehin war. Ihr Haar leuchtete in einem verwegenen Rot und kringelte sich in Korkenzieherlöckchen in Nacken und Stirn. Sie hatte die flinken, klugen Augen einer Feldmaus und zeigte beim Lächeln schief gewachsene Zähne.

Der Pflaumenkuchen schmeckte nach Sommer und Sonne. Ruhig brannte die Kerze auf dem Tisch. Nebenan schlug die Pendeluhr geduldig die Viertelstunden aus.

»Heim?« Herr Ronnebach zwirbelte eine seiner Augenbrauen. »Nee. Solange es nur irgend geht, kriegt mich da keiner rein.«

»Solange es geht.« Oma nickte. »Das ist der Punkt.« Sie gab einen ausführlichen Bericht über ihren Besuch.

»Am schlimmsten«, sagte Evi, »war dieser Goldzahn mit seinem Geschnatter.«

»Giftzahn«, verbesserte Oma. »Das trifft es genauer.«

Sie einigten sich auf Giftgoldzahn, und dann rückte das Heim in den Hintergrund und sie sprachen von anderen Dingen.

Evi hatte lange genug auf ihrem Stuhl gesessen. »Darf ich mir den Garten angucken?«, fragte sie Frau Klapproth.

»Aber sicher. Er hat lange genug auf junge Menschen verzichten müssen.«

Die Mauer, die den Garten eingrenzte, war von Efeu bewachsen. Moosige Steinplatten führten zu einem Teich mit Entengrütze, Seerosen und schwimmenden Hyazinthen. Aus dem Maul eines Wasserspeiers, der die Form einer Kröte hatte, sprang in einem dünnen Bogen Wasser in den Teich.

Blauer Eukalyptus und Zinnien in Orange und Gelb füllten die Terrassenkübel. Am Geräteschuppen war bereits das Kaminholz für den Winter gestapelt. Blätter lagen wie Farbtupfer über das Gras verstreut. Fallobst gärte unter den noch nicht abgeernteten Apfelbäumen.

Evi mochte den Garten sofort. Und sie mochte das Haus mit seinen grünen Fensterläden, das sehr alt zu sein schien und voller Geschichten.

Sie durchstreifte den Garten aufmerksam, schaute in jeden Winkel, und als sie wieder in die Küche kam, war eine ganze Stunde vergangen.

Gelächter schlug ihr entgegen.

Sie saßen beim Wein, die Gesichter gerötet, die Ärmel hochgeschoben.

»Willst du dich zu uns setzen?«, fragte Frau Klapproth, »oder möchtest du lieber ein bisschen in den Büchern blättern?«

Das ließ Evi sich nicht zweimal sagen. Sie durchforstete das Regal, wobei eine weitere Stunde verging, weil sie sich immer wieder festlas. Als sie sich für ein Buch entschieden hatte, kuschelte sie sich damit in einen Sessel am Fenster.

Irgendwann kam Frau Klapproth herein, um das Licht anzuschalten, und als Oma endlich aufstand, um nach Hause zu gehen, war der Garten in Dunkelheit versunken.

»Nimm das Buch ruhig mit«, sagte Frau Klapproth. »Und wenn du Lust hast, dir andere Bücher auszuleihen, dann komm einfach vorbei.«

»Der Garten ist wunderschön«, sagte Evi, als sie durch die stillen Straßen gingen.

»Ja.« Oma reckte sich und seufzte zufrieden. »Er ist zauberhaft.«

»Und Frau Klapproth ist ziemlich nett.«

Verwundert stellte Evi fest, dass da keine Spur mehr war von Eifersucht.

»Ich weiß.« Omas Absätze klackerten auf dem Pflaster. »Man erkennt es nicht auf den ersten Blick.«

Es war kalt. Evi mummelte sich fester in ihre Jacke ein. Plötzlich blieb Oma stehen und warf ihren Hut in die Luft. Sie wollte ihn auffangen und griff daneben. Er landete auf den Zweigen eines Feuerdorns in einem Vorgarten.

Oma kicherte. Sie hielt sich die Hand vor den Mund.

»Evchen, weißt du was?« Sie machte einen langen, unsicheren Schritt zwischen die Ziergrasbüschel, pflückte den Hut von den dornigen Zweigen und stopfte ihn achtlos in die Manteltasche. »Ich glaube fast, ich bin ein bisschen beschwipst.«

Oma sah sich andere Heime an, allein. Sie machte keinen Hehl aus diesen Besuchen, aber wenn sie wieder zurück war, sprach sie nicht darüber, jedenfalls nicht mit Evi.

»Und vielleicht ist das ganz gut so«, sagte Evi zu Tom. »Wenn man über was Schlimmes spricht, dann redet man es auf einmal herbei.«

Sie hielt ihm das aufgeschlagene Notizbuch hin. »Ich versteh's nicht! Blau, siehst du? Blau. Blau. Und noch mal blau.«

Mit einem lauten Knall klappte sie es zu. »Die paar grauen Tage können wir doch locker verkraften.«

»Aber deine Oma eben nicht«, gab Tom zu bedenken.

Das stimmte und für einen Augenblick hasste Evi ihn dafür.

»Ist doch nicht meine Schuld«, sagte er. »Mir brauchst du nicht böse zu sein.«

»Bin ich ja gar nicht!«, fuhr sie ihn an, drehte ihm den Rücken zu und versteckte das Buch wieder unter der Matratze.

Der Nachmittag endete damit, dass sie Streit bekamen.

Wegen einer Nichtigkeit.

Evi konnte sich schon eine Stunde später nicht mehr daran erinnern, wie er überhaupt angefangen hatte.

Tom stürmte aus dem Zimmer und sie hielt ihn nicht zurück.

»Du bist ziemlich empfindlich in letzter Zeit«, sagte Mama, als Evi sich bei ihr beklagte. Sie hatte ihren ersten freien Nachmittag seit Langem, und sie hatte ihn bitter nötig. Sie war überarbeitet und ausgelaugt.

»Empfindlich? Ich?«

Mama legte ihr Buch weg. »Was ist los, Evi? Mir kannst du nichts vormachen. Ich fühle es immer, wenn mit dir etwas nicht stimmt.«

»Ach ja?«

Das sollte abweisend klingen, einen Schutzwall aufbauen. Stattdessen klang es jammervoll und Evi konnte nur mit Mühe die Tränen zurückhalten.

Mama setzte sich zu ihr aufs Sofa. Evi versteifte sich. Jetzt bloß nicht den Kopf an die Schulter der Mutter lehnen, dann würden die Tränen wie Sturzbäche kommen.

»Es ist wegen Oma, nicht?«

Evi rückte ein Stück zur Seite.

»Ich kann es nicht ändern, Evi. Ich gäbe wer weiß was darum, wenn ich es könnte.«

»Aber du *kannst* es ändern! Du kannst zu Hause bleiben und auf sie aufpassen. Oder Papa. Es reicht doch, wenn einer von euch Geld verdient.«

»Es ist nicht nur das Geld, Evi. Ich mag meine Arbeit, und Papa mag seine auch.«

»Oder ihr arbeitet nur halbtags, einer morgens und einer nachmittags, dann ist Oma nie allein und …«

Mama stand auf. »Hast du Lust auf einen Spaziergang? Es redet sich leichter beim Gehen.«

Sie schlenderten durch die Schrebergartenanlage. Überall wurde gebuddelt, gehämmert, geharkt und gesägt. Irgendwo brannte ein Feuer. Der würzige Rauch lag schwer in der Luft.

»Oma ist eine stolze Frau«, sagte Mama, »und sie war immer unabhängig. Sie würde nicht wollen, dass wir ihretwegen unser Leben auf den Kopf stellen.«

»Sie passt aber nicht zu den alten Leuten!« Evi ballte die Hände in den Taschen. »Ich hab sie gesehen, Mama. Die sitzen nur da und warten auf Besucher, die nicht kommen, weil sie längst tot sind.«

Darauf ging ihre Mutter nicht ein. »Frau Klapproth«, sagte sie, »will doch auch in ein Heim ziehen. Dann wären sie schon zu zweit.«

Evi schüttelte den Kopf. »Sie *will* nicht, sie *muss*. Das ist ein himmelweiter Unterschied. Außerdem haben sie in den Heimen Wartelisten. Du kriegst nicht zwei Plätze gleichzeitig in einem Haus.«

Mamas Schweigen sprach Bände.

»Hat Oma dir von dem Fahrstuhl erzählt?«, fragte Evi.

Mama nickte.

»Und von dem Giftgoldzahn?«

Mama nickte wieder.

»Und das reicht nicht, um dich zu überzeugen?«

»Evi …«

»Warum können wir nicht jemand einstellen, der auf Oma aufpasst, wenn wir nicht da sind?«

»Weil Oma das nicht will! Herrgott noch mal! Du kannst sie doch nicht bewachen lassen! Stell dir vor, wie sie sich dabei fühlen würde!«

»Und wie fühlt sie sich in einem Heim?«

»Das ist etwas anderes.«

Evi hasste diese Erwachsenensätze. Man kam nicht gegen sie an. Blablabla, dachte sie.

Ein Mann, dem sein unförmiger Bauch über dem Hosenbund hing, setzte einen Komposthaufen um. Ein anderer schnitt blasse Rosen zurück. Eine Frau weißte ihr Gartenhäuschen.

»Ich will nach Hause«, sagte Evi, und sie kehrten um.

Am Himmel stand eine einzelne rosa umrandete Wolke. Evi legte den Kopf in den Nacken und starrte zu ihr hinauf, bis ihr die Augen brannten.

»Führst du noch Buch?«, fragte Mama da neben ihr.

Evi zuckte zusammen.

Oma hatte es verraten! Sie hatte es ausgeplaudert, entweiht, hatte aufgegeben.

Sie vergaß, die Füße zu heben, stolperte.

Es gab keinen Ausweg mehr. Irgendein Heimleiter oder irgendeine Heimleiterin, irgendein Herr Meineke oder irgendeine Frau Scholmann, irgendein Giftgoldzahn würde das Spiel gewinnen.

Der Wind trieb die Blätter vor sich her, die Luft roch schon nach Winter, und das Licht der Sonne, das in die ausgedünnten Baumkronen fiel, wurde allmählich bleich. Evi trauerte dem Sommer nach. Es war der Sommer mit Oma gewesen und es würde keinen zweiten Sommer mit ihr geben.

Oma hatte sich in einem Heim angemeldet.

»Scheißherbst«, murmelte Evi.

Olli quietschte begeistert auf. »Scheiße!«, rief er. »Scheiße! SCHEISSE!« Er warf sich auf einen Blätterhaufen und wühlte sich ein, bis nur noch sein Kopf herausschaute. »Scheiheiheiiiße!«

»Das reicht, Olli.« Jenni rieb sich die blau gefrorenen Hände. »Komm jetzt da raus.«

Olli dachte gar nicht daran.

»Sag du mal was«, bat Jenni.

»Ich wette, Olli kann nicht da rauskommen, bevor ich bis sieben gezählt habe«, sagte Evi laut und fing an zu zählen.

»Eins, zwei, drei, vier …«

Bei sechs sprang Olli kreischend auf. »Kann ich wohl! Siehsse?«

Blätter hatten sich in seinem Haar, an Jacke und Hose verfangen. »Wo gehn wir hin?«

Widerwillig hielt er still, bis Jenni die Blätter von ihm abgezupft hatte.

»Zu Evi nach Hause«, sagte Jenni. »Das hab ich dir doch schon hundertmal erklärt.«

»Will nich! Will draußen spielen!«

»Kannst du ja«, sagte Jenni. »Im Garten.«

»Aber mit Jasper!«

»Vielleicht«, versprach Jenni vage. »Kommst du jetzt aufs Fahrrad?«

Olli schüttelte den Kopf. Bevor Jenni die Hand nach ihm ausgestreckt hatte, war er davongeflitzt.

Jenni fing ihn ein, schleppte ihn zum Rad zurück und wuchtete ihn auf den Kindersitz. Er protestierte die Tonleiter rauf und runter.

Zwei Spaziergängerinnen, die ihre Hunde ausführten, blieben stehen und warfen einen säuerlichen Blick zurück. Die Hunde liefen im Zickzack den Weg entlang, die Nasen dicht am Boden. Einer hob das Bein an dem Blätterhaufen, in den Olli sich eben noch eingebuddelt hatte.

Der Urinstrahl dampfte in der Kälte.

Evi und Jenni hatten eine gemeinsame Aufgabe für Erdkunde übernommen, die sie heute erledigen wollten. Normalerweise wäre Olli bis vier im Kindergarten geblieben, aber seit der Trennung seiner Eltern wehrte er sich mit Händen und Füßen gegen den Kindergarten, und Jenni hatte es nicht übers Herz gebracht, ihn länger dazulassen als unbedingt nötig. Gleich nach der Schule hatten sie ihn abgeholt.

Als er Omas Schritte hinter der Tür hörte, ging Olli hinter Jenni in Deckung.

»Wir haben einen Überraschungsgast mitgebracht«, sagte Evi.

»Einen Überraschungsgast?« Oma tat so, als sehe sie Olli nicht. »Ja, wo ist er denn?«

»Du musst erst raten, wer es ist.«

»Hmh. Es gibt eigentlich nur einen einzigen Überraschungsgast auf der Welt, über den ich mich so richtig freuen würde, aber der kann es leider nicht sein, der ist nämlich um diese Zeit noch im Kindergarten.«

Olli gluckste.

»Das war doch ...« Oma trat einen Schritt vor. »Olli!« Sie strich ihm übers Haar.

Olli löste sich von Jennis Jacke und sah unter gesenkten Lidern zu Oma auf. »Kennsse mich jetz wieder?«

»Ja«, antwortete Oma ruhig. »Jetzt kenne ich dich wieder.«

Sie stellten die Taschen ab und setzten sich an den Tisch. Oma hatte Spaghetti gekocht. Olli leckte sich erwartungsvoll die Lippen.

»Wo ist Vera?«, fragte Evi.

»Sie ist mit Roland unterwegs, um für seine Geburtstagsparty einzukaufen.«

»Ich hab dich immer gekennt«, sagte Olli.

Oma sah ihn ernst an. »Weißt du, Olli, ab und zu passiert es mir, dass ich etwas vergesse, sogar wenn es sehr wichtig ist.«

Evi hatte Jenni inzwischen von Omas grauen Tagen erzählt.

»Olli vergisst auch manchmal was«, sagte Jenni nun. »Besonders gern vergisst er, dass Mama ihm bestimmte Sachen verboten hat, stimmt's, Olli?«

»Selber!«, nuschelte Olli, den Mund voller Spaghetti, das Kinn tomatensoßenrot.

»Alte Leute und kleine Kinder dürfen ruhig das eine oder andere vergessen.« Oma zwinkerte Olli zu. »Vor allem Verbote.«

»Bin nich klein!« Olli wischte sich das Kinn mit dem Ärmel. »Bin schon halb sechs!« Er streckte fünf verschmierte Finger in die Luft und wusste dann mit der anderen Hand nicht mehr weiter.

»Tatsächlich?«

Olli nickte. »Und du?«

»Sechsundsiebzig. Weißt du, wie viel das ist?«

Olli schüttelte den Kopf. Spaghettifäden hingen ihm aus dem Mund und schlenkerten hin und her. Oma zeigte ihm ihr Alter mit den Fingern, so wie er es vorher getan hatte.

Olli vergaß zu kauen.

»Und wie viel is hundert?«

Als sie mit dem Essen fertig waren, redeten Oma und Olli immer noch über Zahlen. Die Mädchen nutzten die Gelegenheit, um in Evis Zimmer zu verschwinden.

Sie arbeiteten eine Stunde lang und surften anschließend ein bisschen im Internet. Nach einer Weile hörten sie von unten ein Rumpeln und Ollis Lachen. Gleich darauf kratzte ein völlig aufgelöster Jasper an der Tür.

Evi ließ ihn herein. Er floh unter das Regal und behielt von da aus misstrauisch die Tür im Blick.

Wenig später klingelte das Telefon. Kurz danach klopfte Oma an. Sie war erregt und ihr Atem ging schnell.

»Frau Klapproth hat einen Unfall gehabt. Ihr müsst mir Olli abnehmen. Ich fahre ins Krankenhaus.«

»Schlimm?«, fragte Evi.

»Ich weiß nicht. Ihre Nachbarin hat angerufen. Sie konnte mir nichts Genaues sagen.« Sie sah auf die Uhr. »Den Bus um Viertel nach könnte ich noch schaffen.«

Olli zwängte sich an ihr vorbei. »Du hast aber gesagt, du tust Waffeln backen!«

Jasper kroch ein Stück tiefer unter das Regal.

»Das holen wir bald nach«, sagte Jenni.

»Die Oma hat es aber versprochen!«

Oma beugte sich zu ihm hinunter. »Ich lege das Rezept auf den Küchentisch und dann backen Evi und Jenni für dich, ja? Die können das genauso gut wie ich.«

Es stellte sich heraus, dass sie es keineswegs so gut konnten wie Oma, obwohl das Rezept ganz einfach war. Ollis Mitarbeit machte es schwierig.

Im Nu waren sein Haar, sein Gesicht und seine Arme mit Mehl bestäubt. Er zog weiße Spuren durch die Küche und verteilte klebriges Eiweiß an sämtlichen Schubladengriffen.

Vera und Mama kamen gleichzeitig nach Hause. Evi hatte die Schränke abgewaschen und notdürftig den Boden gewischt. Dennoch waren die braunen Fliesen von einem gräulichen Film überzogen.

»Auch eine hübsche Farbe«, bemerkte Vera.

»Du kannst das ja leicht ändern«, antwortete Evi bissig. »Oder ein Gedicht darüber schreiben. Das wär natürlich bequemer.«

»Sehr witzig!«

Olli unterbrach ihren Schlagabtausch. Er zupfte Evi am Ärmel.

»Ich hab Hunger!«

»Ich auch, Olli.« Mama nahm ihn bei der Hand. »Lass die beiden nur weiterstreiten. Wir zwei werden uns jetzt über die köstlichen Waffeln hermachen.«

Sie waren wirklich köstlich, weich und locker und goldgelb. Weil Evi das Rezept abgewandelt und ein wenig Zimt in den Teig gegeben hatte, erinnerte ihr Geschmack an lange, dunkle Winternachmittage.

Vera nahm nur zwei Herzchen, an denen sie ewig kaute.

»Meine Schwester achtet auf ihre Linie«, sagte Evi zu Jenni und verzog genervt den Mund.

»Linie?«, fragte Olli mit vollen Backen.

»Sie will nicht dick werden«, erklärte Jenni ihm.

»Mein Papa is dick.« Olli schluckte. »Er kommt nich mehr zum Essen nach Hause. Will er auch nich dick sein?«, fragte er Jenni.

Jenni wurde rot.

Olli beschloss, auf ihre Antwort zu verzichten. »Schlafen tut er auch nich mehr bei uns. Und seine Sachen, die hat er alle mitgenommen.«

Er kletterte auf Jennis Schoß und schob den Daumen in den Mund.

Jenni hielt ihn eine Weile, dann sprach sie ihn leise an.

»Olli? Komm, wir gehn mal aufs Klo.«

Er rutschte von ihrem Schoß.

Auf seiner Hose war zwischen den Beinen ein dunkler Fleck.

Oma kam erst um acht wieder nach Hause und tauschte stöhnend die Schuhe gegen ihre Pantoffeln.

»Wie geht es ihr?«, fragte Mama.

»Sie hat einen komplizierten Knöchelbruch. Wenn sie wieder entlassen wird, muss ich mich um sie kümmern. Sie wird lange nicht richtig laufen können.«

»Und wie ist das passiert?« fragte Evi.

»Sie ist auf der Treppe gestolpert. Dabei hat sie großes Glück gehabt. Es hätte viel schlimmer kommen können.«

»Hat jemand ihre Kinder benachrichtigt?«, fragte Papa.

»Wie denn?« Omas Stimme hörte sich auf einmal schleppend an. »Sie kennt ja nicht mal ihre Adresse.«

»Sie weiß nicht, wo ihre Kinder wohnen?« Ungläubig starrte Evi Oma an.

Omas Wangen waren gerötet. Ihre Augen hatten einen unnatürlichen Glanz.

»Geht es dir nicht gut, Mutter?« Papa betrachtete sie besorgt.

Oma antwortete nicht.

»Evi, hast du deine Tasche schon für morgen gepackt?«, fragte Mama.

Das bedeutete, dass Evi verschwinden sollte. Die Eltern sagten so etwas nie gerade heraus. Sie bemäntelten es immer mit einer Frage.

Aufreizend langsam stand Evi auf und ging aus dem Zimmer. Sie stampfte die Treppe hinauf, knallte die Tür hinter sich zu, warf sich aufs Bett und versetzte dem Kopfkissen einen wütenden Hieb.

Der Tag, an dem Frau Klapproth wieder aus dem Krankenhaus entlassen werden sollte, rückte näher. Oma hatte sie jeden Tag besucht, hatte sie mit frischer Wäsche versorgt, mit Büchern und Obst. Das Pendeln mit dem Bus war anstrengend für sie gewesen. Sie war froh darüber, dass es nun bald vorbei sein würde.

»Wie soll sie denn mit einem Gipsbein zu Hause zurechtkommen?«, fragte Vera. »Sie hat doch sowieso schon Probleme mit dem Laufen.«

»Wir helfen ihr, so gut wir können«, sagte Oma. »Herr Ronnebach wird die Einkäufe erledigen, den Rest übernehmen Frau Perge und ich.« Sie sah sich in der Küche um.

»Hier müsst ihr zwei euch in den nächsten Wochen um alles kümmern. Glaubt ihr, dass ihr das schafft?«

»Klar«, beruhigte Vera sie ungewohnt großmütig. »Das bisschen Putzen kriegen wir schon hin und als Köchinnen sind wir wahre Naturtalente.«

»Nudeln mit Tomatensoße«, zählte Evi auf, »Nudeln mit Butter, Nudeln mit Ei, Nudeln mit Käsesoße, Nudeln mit Speck, Nudeln ohne alles …«

»Na.« Oma lächelte. »Dann kann ja nichts schiefgehn.«

Es ging wirklich nichts schief. Evi und Vera probierten alle möglichen Gerichte aus, manche nach Omas Rezepten, andere aus der Fantasie, und davon hatte vor allem Vera mehr als genug.

»Vielleicht schreibst du ja irgendwann mal ein Kochbuch«, sagte Evi, eine Milchflasche unterm Arm und Quarktöpfchen in den Händen.

»Wohl kaum.« Vera machte ein Gesicht, als hätte man ihr eine Küchenschabe vor die Nase gehalten.

»In Gedichtform«, spann Evi den Faden weiter. »Gibt's so was schon?«

»Ich werden einen Roman schreiben.« Vera griff schwungvoll nach den Topflappen. »Einen absolut außergewöhnlichen, hinreißenden Roman. *Den* Roman des Jahrhunderts.«

»Und über was?«

»Über die Liebe«, sagte Vera.

»Wie langweilig!«

»Langweilig?«

Veras Gesicht nahm einen verklärten Ausdruck an. Sie hielt die Handschuhe, als wären sie aus kostbarer Spitze.

»Du hast ja keine Ahnung!«

»Kochbuch find ich besser.« Evi runzelte die Stirn. »*Wir kochen nicht nur Nudeln. Das Wasser, das muss sprudeln. Es darf jedoch nicht überkochen. Sonst …* Was reimt sich auf *überkochen*?«

»Verschon mich mit dem Kinderkram!«

Die Topflappen waren nicht mehr aus Spitze. Sie waren wieder zu dem geworden, was sie immer gewesen waren: erbsengrüne Scheußlichkeiten vom letzten Kirchenbasar.

Vera schüttete die Kartoffeln ab. Der Wasserdampf stieg ihr ins Gesicht. Sie ließ den Topf fallen.

Scheppernd landete er in der Spüle und spuckte die Kartoffeln aus.

Sie hatten Roland, Tom, Jenni und Olli zum Mittagessen eingeladen. Es sollte Pellkartoffeln mit Quarksoße geben. Evi rührte die Soße an, Vera pellte die Kartoffeln.

Weil sie zum Anfassen zu heiß waren, spießte sie sie auf eine Gabel, bevor sie ihnen die Haut abzog. Von den ersten vier Kartoffeln brachen drei auseinander, als sie hineinstach.

»Ich hasse Pellkartoffeln!«, schimpfte sie. »Eins steht fest, ich werde später einen Koch einstellen, eine Haushälterin und einen Butler.«

»Wenn du berühmt bist«, sagte Evi, »und reich.«

»Ich werde nur noch lesen, schreiben und Klavier spielen und in der Öffentlichkeit eine riesige Sonnenbrille tragen, damit mich keiner erkennt.«

»Warum willst du berühmt werden, wenn dich keiner erkennen soll? Dann bleib doch lieber unbekannt.«

»Mist!« Vera hatte sich die Finger verbrannt. Sie hielt die Hand unter kaltes Wasser und blieb Evi die Antwort schuldig.

Zum Nachtisch sollte es Schokoladenpudding mit Birnenstückchen geben.

»Will nur Pudding!« Olli grapschte sich ein Schälchen.

»Nichts da.« Jenni nahm es ihm wieder ab. »Du isst, was alle essen.«

Evi grinste. »Allmählich redest du wie meine Mutter.«

»Stimmt.« Jenni grinste auch und schob Olli seinen Schokopudding wieder hin.

»Saugut!« Roland verspeiste genüsslich die dritte Kartoffel. »Fünf Sterne, mindestens.«

»Mach dich nur lustig.« Vera hatte Quark in den Mundwinkeln, schenkte Roland jedoch das strahlende Lächeln eines Fotomodells.

»Du biss verschmiert.« Olli zeigte mit dem Löffeln auf ihren Mund. »Da rum.«

Vera leckte sich die Mundwinkel wie eine große, träge Katze.

Nachdem die Küche wieder aufgeräumt war, setzte sie sich ans Klavier. Roland zog sich einen Stuhl heran und setzte sich neben sie. Vera spielte nicht schlecht, aber die unverhohlene Bewunderung in Rolands Blick fand Evi doch maßlos übertrieben.

»Tschüs dann, du unser aller Genie«, sagte sie spöttisch.

Vera hörte sie nicht. Sie spielte plötzlich sehr langsam und sah Roland dabei tief in die Augen.

»Muss Liebe schön sein!«

Evi suchte rasch das Weite, doch Vera warf ihr kein Notenbuch nach. Die Melodie wurde noch langsamer und verstummte schließlich ganz.

Jenni, Tom und Olli warteten schon vor dem Haus. Evi holte den Basketball und Omas Gartenschaufel aus der Garage, und sie gingen zum Spielplatz, wo sie mit den andern verabredet waren. Der Spielplatz bot sich an, wenn Olli dabei war. Da hatte er die Klettergerüste, den Sand und andere Kinder und ließ sie in Ruhe.

Evi gab ihm die Schaufel und er marschierte zielstrebig zum Sandkasten. Er wollte einen Tunnel bis zur anderen Seite der Erde graben, ein wundervoller Plan, denn damit würde er lange beschäftigt sein.

Sie waren mitten im Spiel, als Mariele Evi anstieß. »Du, ist das nicht deine Oma?«

Evi schaute in die Richtung, in die Marieles Finger zeigte.

Oma saß auf der niedrigen Mauer, die das gegenüberliegende Grundstück umgab. Etwas an ihrer Haltung hinderte Evi daran, sie über die Straße hinweg anzurufen.

»Spielt mal einen Moment ohne mich weiter«, sagte sie und lief hinüber. Oma sah ihr ohne ein Zeichen des Erkennens entgegen. Sie ließ die Schultern hängen und hielt den Kopf merkwürdig schief.

»Ich suche jemanden«, sagte sie.

Evi setzte sich neben sie und fasste nach ihrer Hand. Oma zog die Hand weg. »Ich suche jemanden«, wiederholte sie.

Sie trug nur einen Schuh. Der Strumpf am anderen Fuß hatte ein Loch, durch das der große Zeh rausschaute.

Panik kroch in Evi hoch. Sie suchte den Boden vor und hinter dem Mäuerchen ab, als gäbe es nichts Wichtigeres auf der Welt, als den fehlenden Schuh zu finden.

Er war nicht da.

»Komm, Oma«, sagte sie, und die Panik war auch in ihrer Stimme, »ich bring dich nach Hause.«

Sie stand auf und wollte Oma sanft hochziehen, aber Oma widersetzte sich mit aller Kraft.

»Ich gehe nur mit Evi.«

»Aber ich …« Evis Stimme versagte.

Auf einmal stand Tom neben ihr.

»Sie erkennt mich nicht«, flüsterte Evi. »Sie will nicht aufstehn.«

»Wo ist denn ihr Schuh?«, fragte Tom.

»Woher soll ich das wissen?«, zischte Evi ihn an.

»Ich gehe nur mit Evi nach Hause«, sagte Oma störrisch zu Tom. »Mit dir nicht und auch nicht mit der da.«

Evi wischte sich über die Augen. Drüben hatten die andern wieder zu spielen begonnen. Evi sah sie wie durch Nebel.

»Evi wartet auf Sie«, sagte Tom schließlich. »Dürfen wir Sie zu ihr bringen?«

Oma beäugte ihn misstrauisch. »Ist das auch kein Trick?«

»Bestimmt nicht.«

Oma stand auf. Evi nahm ihren rechten Arm, Tom ihren linken. Oma ließ es sich gefallen. Der Hut war ihr in den Nacken gerutscht, über ihre Wangen zogen sich Schmutzstreifen.

Ein Ehepaar kam ihnen entgegen. Die Frau starrte auf Omas Füße, der Mann auf ihr schmutziges Gesicht. Er schüttelte den Kopf.

Evi hatte einen bitteren Geschmack im Mund. Sie hätte gern

etwas geschrien, um die Leute zu beleidigen, so wie sie Oma beleidigt hatten, aber ihr fiel nichts ein.

Sie brachten Oma in ihr Zimmer. Es kam Evi so vor, als hätte sie das schon hundertmal getan. Als hätte sie auch die folgenden Handgriffe schon hundertmal gemacht. Hundertmal die Bettdecke zurückgeschlagen. Hundertmal das Fenster geschlossen und das Rollo heruntergelassen.

Oma saß auf dem Bett und sah unruhig zur Tür.

»Evi soll kommen.«

»Sie kommt gleich.« Tom zog Oma den Schuh aus und hob behutsam ihre Beine auf die Matratze.

Ihre Strümpfe waren zerrissen, die Haut darunter war zerschrammt.

Oma rollte sich auf die Seite und schloss die Augen. Evi deckte sie zu.

Im Flur lehnte sie sich gegen die Wand. Ihr war speiübel.

»Evi ...« Tom tastete nach Worten. »... Es ist doch schon lange nichts mehr passiert.«

»Ja.« Evi klammerte sich daran fest.

»Soll ich hierbleiben?«

»Nein. Sag lieber den andern Bescheid, sonst kreuzen sie noch alle hier auf.« Sie krümmte sich. Ihr Darm zog sich schmerzhaft zusammen, sie musste dringend aufs Klo.

22

Oma war ansprechbar, doch was sie sagte, ergab wenig Sinn. Mal erkannte sie Evi, mal hielt sie sie für Vera oder Tom, und einmal sagte sie *Piet* zu ihr. Sie schlief einen leichten Schlaf, aus dem sie mehrmals aufschreckte.

Evi hatte gehofft, den Vorfall geheim halten zu können, aber Omas Verwirrung verstärkte sich, und Evi wusste nicht mehr ein noch aus. Sie wollte gerade ihre Mutter in der Praxis anrufen, als sie einen Schlüssel unten im Schloss hörte.

Sie rannte die Treppe hinunter.

Mama war viel zu früh. Sie ließ den Schlüsselbund auf das Telefontischchen fallen und verzog bei dem heftigen Geräusch gequält das Gesicht. Dann massierte sie sich die Schläfen.

»Ich lege mich ein bisschen hin. Mein Kopf dröhnt, als ob …« Ihre Finger unterbrachen die kreisenden Bewegungen. »Was ist passiert?«

Evi stand noch immer am Fuß der Treppe. Sie nagte an der Unterlippe und schmeckte plötzlich Blut. »Oma. Diesmal ist es schlimmer als sonst.«

Mama zog den Mantel aus und warf ihn achtlos über das Geländer. Dann stieg sie hinter Evi die Treppe hinauf.

In Omas Zimmer war es stockfinster. Mama setzte sich auf die Bettkante.

Oma drehte den Kopf weg.

»Zieh das Rollo hoch«, sagte Mama zu Evi.

Die Dämmerung hatte schon eingesetzt und schluckte das ohnehin spärliche Novemberlicht. An den nackten Zweigen der Bäume hingen nur noch wenige hartnäckige Blätter, die steif im Wind schaukelten. Eine fremde Katze schlich durch den Garten.

»Kann ich irgendwas für dich tun?«, fragte Mama.

»Geh weg!«, sagte Oma feindselig.

Evi sah ihrer Mutter die Anstrengung an. Wenn sie Migräne hatte, fiel ihr sogar das Sprechen schwer.

Oma begann eine Melodie zu summen, eine kurze Folge von Tönen, die sie immerzu wiederholte. Sie lächelte dabei, als würde sie sich an etwas Schönes erinnern.

»Soll ich dir beim Ausziehen helfen?«, fragte Mama. »Dann hast du es bequemer.«

Oma zog die Decke ans Kinn und summte weiter.

Mama kam zu Evi herüber. »Bleib bei ihr«, sagte sie leise. »Ich rufe den Arzt.«

Evi kauerte sich neben das Bett und spürte die kalte Wand im Rücken. Oma wandte ihr das Gesicht zu und schaute sie aus großen, weiten Augen an. Sie hörte nicht auf zu summen.

Als der Arzt eintraf, verließ Evi das Zimmer. Er war Omas Hausarzt, ein mittelgroßer, gedrungener, noch recht junger

Mann mit rosiger Gesichtshaut und kleinen, fleischigen Händen. Durch die Tür hörte Evi seine Stimme, die fest und beruhigend klang.

Omas Stimme hörte sie nicht.

Sie ging in die Küche. Mama hatte Teewasser aufgesetzt. Sie stand vorm Herd, die Finger gegen die Stirn gepresst.

»Papa hat recht«, sagte Evi. »Du arbeitest zu viel.«

»Ich liebe meine Arbeit«, erwiderte Mama. »Das weißt du doch.«

»Und Oma liebst du nicht?«

Die Worte waren kaum draußen, da hätte Evi sie am liebsten wieder in den Mund zurückgestopft. Sie presste die Lippen zusammen, damit nicht noch mehr Unsinn rauskommen konnte.

»Ich dachte, wir hätten das Thema abgeschlossen.« Mama griff in die Gebäckdose und knabberte ein Anisplätzchen. Wahrscheinlich war sie wieder den ganzen Tag nicht zum Essen gekommen.

Das Wasser kochte. Der Deckel hüpfte auf dem Topf und gab Dampfschwaden frei.

»Lass mich das machen«, sagte Evi. Erst als sie die Kanne auf das Stövchen gestellt hatte, konnte sie ihrer Mutter wieder ins Gesicht sehen. »Tut mir leid.«

»Schon gut.«

Sie hörten Schritte auf der Treppe. Der Arzt betrat die Küche, und Mama bat Evi, sich um Oma zu kümmern.

Das alte Spiel.

Während Evi zornig und gekränkt nach oben ging, fragte sie sich, warum die Mutter sie diesmal weggeschickt hatte.

Ein Komplott, dachte sie. Da unten wird über Omas Schicksal verhandelt, und mich wollen sie nicht dabeihaben, damit ich ihnen nicht reinrede und schön brav stillhalte.

Oma schlief. Sie atmete tief und gleichmäßig. Die Schatten waren aus den Ecken gekrochen und hatten das ganze Zimmer ausgefüllt.

Leise machte Evi die Tür wieder zu und überlegte, ob sie lauschen sollte.

In diesem Augenblick öffnete sich die Haustür, und Vera kam herein. Sie ließ ihre Tasche auf den Boden fallen, die Jacke hinterher und verschwand in der Küche.

Niemanden schien ihre Anwesenheit zu stören, niemand schickte sie raus.

Evi verkroch sich in ihr Zimmer. Sie setzte sich an den Schreibtisch und malte sich aus, wie das Gespräch wohl verlief.

Krankenhaus? Heim? Morgen? In einer Woche? Einem Monat? Oder gleich heute?

Die Antwort war unten.

Entschlossen schob Evi den Stuhl zurück, ging runter und stieß die Küchentür auf.

»Oma schläft«, sagte sie und setzte sich rasch neben Vera an den Tisch.

Im warmen Schein der Lampe sah die Haut des Arztes noch rosiger aus. An seiner rechten Hand blinkte ein Ehering, der ihm ins Fleisch schnitt.

»Ja, dann haben wir wohl alles Notwendige besprochen. Ich muss weiter.«

Er setzte die Teetasse ab. Auf ihrem Boden lag ein Häuflein geschmolzenen Kandiszuckers.

Mama begleitete ihn hinaus.

»Das gnädige Fräulein Vera darf natürlich immer dabei sein, wenn wichtige Sachen besprochen werden.« Evi spürte, wie sich ein hässliches Gefühl in ihr ausbreitete. Trotzig steckte sie sich ein Stück Kandis in den Mund.

Vera nippte an ihrem Tee. Den durfte sie selbstverständlich auch schon trinken.

Evi mochte den Geschmack von schwarzem Tee überhaupt nicht, sie trank lieber Früchtetee. Doch für solche Gedanken war in ihrem Kopf kein Platz.

Die Mutter kam nicht zurück.

»Sie wollte sich hinlegen«, sagte Vera. »Sie hat wieder Migräne.«

»Stell dir vor, das weiß ich!« Ganz kurz wurde Evi bewusst, dass sie sich aufführte wie Olli in seinen schlimmsten Momenten, aber sie konnte es nicht ändern.

»Es ist wirklich nicht der richtige Zeitpunkt, die Prinzessin auf der Erbse zu spielen«, sagte Vera gelassen. »Wenn du dich abgeregt hast, dann kann ich dir endlich erzählen, worüber sie gesprochen haben.«

Verblüfft sah Evi sie an. Fast hätte sie gesagt: »Du kannst ja direkt freundlich sein.« Sie schluckte es gerade noch runter. »Gut. Schieß los.«

»Leider hab ich ja nicht alles mitgekriegt«, sagte Vera, »aber es läuft darauf hinaus, dass der Doktor sich sofort um einen Platz in dem Heim kümmern will, das Oma sich ausgesucht hat. Es sei denn, ihr Zustand ändert sich wieder.«

»Sofort? Was heißt das, sofort?«

Vera hob die Schultern. »In den nächsten Tagen. So bald wie möglich eben.«

Erschrocken zerbiss Evi den Kandis.

Inzwischen war es dunkel geworden. Die Küche spiegelte sich auf den schwarzen Fensterscheiben. Evi stellte sich das Heim vor, da draußen in der Dunkelheit, und das Spiegelbild alter Leute auf den Fensterscheiben eines Speisesaals.

»Es muss doch eine andere Lösung geben!«

Vera räumte das Geschirr zusammen. »Wir können Oma schlecht festbinden, oder?«

»Red nicht so!« Evi rutschte nach vorn auf die Stuhlkante. »Ist sie dir denn ganz egal?«

Vera drehte sich langsam zu ihr herum. »Nein, Prinzessin, ist sie nicht, aber Mama ist mir auch nicht egal. Sie kann das nicht schaffen.«

»Aber wir alle zusammen.«

»Wir auch nicht. Mach dir doch nichts vor.«

»Eine Krankenschwester kann es schaffen«, sagte Evi. »Oder ein Pfleger.«

Vera trug das Geschirr zur Spülmaschine. Eine Tasse glitt ihr aus der Hand und zersprang. Sie sammelte die Scherben auf und warf sie in den Abfalleimer.

Sie fluchte nicht. Das war ungewöhnlich.

»Oma käme sich doch vor wie eine Gefangene.«

»Im Heim etwa nicht?«

»Mensch, Evi! Ich weiß es nicht!« Geräuschvoll räumte Vera das Geschirr ein.

Evi stand auf. »In ein Heim kommt sie nicht. Nie im Leben, dafür sorge ich.«

Vera nahm das nicht ernst.

Sie hob nicht einmal den Kopf.

Erleichtert stellte Evi am Morgen fest, dass Oma sie erkannte. An die Ereignisse des Tages davor hatte sie jedoch wieder keine Erinnerung. Jeder ihrer Aussetzer stürzte sie in ein Loch, das von Mal zu Mal tiefer wurde.

Die Schulstunden zogen sich an diesem Vormittag elendiglich in die Länge. Evi war nicht bei der Sache. Unregelmäßige Verben und adverbiale Bestimmungen schienen ihr reichlich belanglos zu sein im Vergleich zu dem, was Oma so bald schon bevorstand, wenn nicht ein Wunder geschah.

Sie kassierte eine Standpauke in Deutsch und eine in Mathe, weil sie die Hefte vergessen hatte, verbaute den Physiktest und handelte sich eine Zusatzarbeit in Biologie ein, weil sie die falsche Hausaufgabe gemacht hatte.

»Wenn das nicht ein gelungener Tag ist«, knurrte sie nach der letzten Stunde und stopfte die Bücher in ihre Tasche.

Die andern hatten beschlossen, einen Abstecher in die Imbissstube am Markt zu machen.

»Bitte, Evi«, bettelte Mariele. »Komm doch mit.«

Beim bloßen Gedanken an eine türkische Pizza lief Evi das Wasser im Mund zusammen. Trotzdem schüttelte sie den Kopf.

Mama hatte sich einen Tag freigenommen und kochte. Oma saß bei ihr in der Küche. Sie hatte ein Kreuzworträtsel vor sich liegen, in dem noch kein einziges Kästchen ausgefüllt war.

Evi ließ die Schultasche auf den Boden fallen.

»Sechs Stunden«, stöhnte sie. »Das sollte verboten werden.«

»Finde ich auch«, sagte Mama. »Fünf wären wirklich genug.«

Schmutziges Geschirr stapelte sich auf der Arbeitsfläche. Dazwischen standen Gewürzgläschen, die sie benutzt und nicht wieder weggeräumt hatte. Sie schaffte sich Platz, um Schnittlauch zu häckseln, indem sie alles einfach mit den Armen auseinanderschob.

»Ich sterbe vor Hunger.« Evi sah sehnsüchtig zum Topf auf dem Herd. »Hoffentlich ist Vera einmal in ihrem Leben pünktlich.«

Vera war pünktlich, jedenfalls beinahe. »Kartoffelsuppe!« Sie rümpfte die Nase.

»Hör auf zu meckern«, sagte Mama. »Kartoffeln sind nahrhaft.«

»Und machen fett.« Vera griff sich dahin, wo bei andern der Bauch sitzt. Als wolle sie abschätzen, welchen Schaden ein Teller Suppe anrichten könne. »Evi und ich haben uns lange genug mit Kartoffeln und Nudeln über Wasser gehalten.«

»Du kannst ja das Abendessen ausfallen lassen«, schlug Evi vor, »oder ein, zwei Möhrchen mümmeln.«

»Wäre bei dir auch mal ganz ratsam«, gab Vera taktvoll zurück.

Evi streckte den Bauch raus, jetzt erst recht.

Oma ließ den Löffel sinken.

»Schmeckt es dir nicht, Mutter?«

»Doch. Ich habe nur keinen Appetit.« Sie sah alt und müde aus. Ihre Augenlider waren geschwollen, ihr Haar drückte sich platt an den Kopf. Die Finger ineinanderverschränkt, als wolle sie beten, saß sie da, und die Suppe auf ihrem Teller wurde kalt.

»Ich hab ein neues Gedicht geschrieben«, erzählte Vera ihr. »Guckst du es dir mal an?«

Darum hatte sie noch nie jemanden gebeten. Sie zeigte ihre Gedichte nicht her, bevor sie fertig waren.

»Gern.«

Es klang nicht nach Oma. Alles, was sie sagte, hörte sich mechanisch und leblos an, als käme es aus einem Automaten.

»Vielleicht kannst du mir weiterhelfen. Ich bin überhaupt nicht zufrieden damit.«

Oma schenkte sich Milch ein. Sie goss die Hälfte daneben, ohne dass es ihr auffiel.

Niemand stand auf, um ein Tuch zu holen, niemand wollte sie auf ihr Missgeschick aufmerksam machen.

Oma setzte das Glas an die Lippen und trank. Milch rann ihr übers Kinn und tropfte auf ihren Pulli.

Evi wandte bestürzt den Blick ab.

»Tom kommt heute Nachmittag«, sagte sie, nur um etwas zu sagen. Vera und Mama starrten wie gebannt auf ihre Teller.

»Tom«, murmelte Oma.

Vera schenkte sich ebenfalls Milch ein. Als das Glas bis zum Rand gefüllt war, stieß sie es mit dem Flaschenhals um.

Noch mehr Milch ergoss sich über den Tisch. Die beiden Lachen vermischten sich miteinander.

»Hoppla!« Vera stand auf, nahm den Spüllappen und wischte die Milch auf. Die Mutter atmete tief durch. Evi leistete Vera im Stillen Abbitte für all die Male, die sie ihre Schwester für ein gefühlloses, selbstsüchtiges Ungeheuer gehalten hatte.

Nach dem Essen holte Vera die Mappe mit ihren Gedichten hervor und sah die Blätter durch.

»Da.« Sie legte ein Gedicht vor Oma auf den Tisch. »Das ist es.«

Oma zog die Brille aus der Tasche und beugte sich vor. Vera reichte ihr einen Kugelschreiber.

»Du kannst ruhig darin rumkritzeln. Es ist noch das reine Chaos.«

Oma las die Zeilen laut. Sie wiederholte sie, prüfte ihren Klang, schmeckte sie auf der Zunge.

Vera setzte sich neben sie. Zögernd strich Oma ein Wort aus und schrieb ein anderes darüber. Sie sah Vera fragend an.

»Ja.« Vera nickte nachdenklich. Nun war sie es, die die Zeile wiederholte, prüfte, schmeckte. »Ja! Warum ist mir das nicht selbst eingefallen?«

Um drei kam Tom. Sie hatten sich vorgenommen, ein neues Computerspiel auszuprobieren. Er stürzte sich mit Feuereifer hinein, doch Evi konnte sich nicht richtig darauf einlassen.

Es dauerte eine Weile, bis es ihr gelang, das Mittagessen zu vergessen und sich zu konzentrieren. Und dann, als sie sich endlich gefangen hatte, noch dazu an einer besonders kniffligen Stelle, machte Tom eine Bemerkung, die sie wieder umwarf.

»Deine Oma sieht ziemlich blass aus.«

»Grandiose Beobachtung«, erwiderte Evi. »Das hilft uns enorm weiter.«

»Ich mein ja nur ...«

»Fang jetzt nicht mit deiner Großtante an! Auch wenn es bei ihr genauso war.«

Evi hieb auf die Tasten ein, dass es nur so klackte. »Da! Jetzt hast du's! Ich hab mein letztes Leben verloren.«

Tom schüttelte eifrig den Kopf. »Bei meiner Großtante war es ganz anders.«

»Und wird es auch bleiben«, sagte Evi heftig. »Oma kommt nämlich nicht in ein Heim. Nur über meine Leiche.«

Es läutete an der Tür. Als Evi übers Geländer spähte, sah sie, wie die Mutter Frau Klapproth, Frau Perge und Herrn Ronnebach begrüßte. Frau Klapproth stützte sich auf Krücken, ihr Bein steckte in einem dicken Gipsverband. Herr Ronnebach hielt einen Strauß leuchtender Chrysanthemen in der Hand.

»Die letzte Ernte aus dem Garten.« Frau Klapproth lächelte Oma an, die nun auch an die Tür gekommen war.

Oma nahm den Strauß, steckte die Nase hinein und atmete tief ein, dann tauchte ihr Gesicht wieder aus den Blüten auf.

»Aber wieso sind Sie denn ... oh, mein Gott! Ich hatte Sie für heute eingeladen. Das hatte ich ganz vergessen!«

Evi schlich zu Tom zurück.

»Sie hat sich erinnert!«. Sie stieß Tom so fest in die Seite, dass er zusammenfuhr. »Richtig erinnert!«

Sie setzte sich wieder an den Computer.

»Mal sehn, ob du noch mal so ein Glück hast.«

Zum ersten Advent band Oma einen Kranz. Ihre Finger waren klebrig von Harz. Sie schob die Brille, die ihr immer wieder vorn auf die Nase rutschte, mit dem Knöchel ihres Zeigefingers zurück.

»Morgen gehe ich zum Optiker«, sagte sie, »und lasse sie mir richten.«

Doch das sagte sie fast jeden Tag und zum Optiker würde sie auch morgen nicht gehen.

Jasper wich nicht von ihrer Seite. Wachsam beobachtete er sie, den Schwanz zu einem Fragezeichen geringelt.

Evis Mutter hatte die Kränze jedes Jahr fertig gekauft. Meistens war ihr erst ein, zwei Tage vor dem ersten Advent eingefallen, dass sie sich darum kümmern musste. Die Kränze, die sie mitgebracht hatte, waren immer gleich gewesen, das übliche starre Tannengrün, plattgewickelt und reizlos.

Oma dagegen hatte im Garten Wacholder geschnitten und weiche Kiefernzweige und wand sie jetzt mit grünem Draht um einen Rohling aus Stroh. Sie verschwendete keine Sorgfalt darauf, die Zweige zu glätten, sondern ließ sie zu allen Seiten überstehen.

Jasper, der sich lange genug beherrscht hatte, sprang auf den Tisch und schnupperte. Oma schubste ihn wieder runter.

»Das ist nichts zum Fressen, Dicker. Also verzieh dich, ja?«

Jasper dachte gar nicht daran.

Evi und Tom hatten Kiefernzapfen, dicke rote Kerzen und rotes Seidenband besorgt. Oma steckte die Kerzen fest, setzte die Kiefernzapfen auf das Grün und schlang aus dem Band zwei Schleifen.

Den fertigen Kranz stellte sie auf den Couchtisch im Wohnzimmer und verscheuchte Jasper, der nach den herabhängenden Bändern angelte.

Diesmal verschwand er beleidigt.

»Kehrt ihr die Küche?«, fragte sie Evi und Tom. »Dann kann ich oben weitermachen.«

Sie hatte sich vollkommen erholt und keinen Aussetzer mehr gehabt, sodass der Arzt sich nicht um einen vorgezogenen Termin im Heim bemühen musste.

Seit Kurzem schneiderte sie auch wieder, und das unentwegte Surren der Nähmaschine klang so beruhigend durch das Haus, dass Evi wieder Hoffnung schöpfte, auch wenn es keinen vernünftigen Grund dafür gab.

Frau Klapproth konnte wieder ohne Krücken laufen. Trotzdem ging Oma weiterhin jeden Tag zu ihr und manchmal übernachtete sie auch in ihrem Haus.

Evi und Tom hatten Herrn Ronnebach dabei geholfen, Frau Klapproths Garten auf den Winter vorzubereiten. Sie hatten das Laub zusammengeharkt und das Fallobst aufgesammelt, die abgeschnittenen Äste gehäckselt und ausgestreut und Blumenzwiebeln für das Frühjahr gesetzt.

Auf diese Weise hatten sie ihr Taschengeld aufgebessert und nun konnte Evi sich allmählich nach Weihnachtsgeschenken umsehen.

Vera wollte sie einen Kugelschreiber mit durchsichtigem Gehäuse schenken, ihrem Vater ein Buch über Gartenteiche. Für ihre Mutter hatte sie schon ein Fläschchen Parfüm gekauft.

Mit dem ersten Frost war der Winter gekommen. Morgens überzog Raureif die Dächer und die Autofahrer mussten das Eis von den Scheiben kratzen.

Schneegeruch lag in der Luft.

Der Weihnachtsmarkt hatte eröffnet.

Es war ein langer Weg, trotzdem hatten Evi und Tom beschlossen, nicht den Bus zu nehmen, sondern die Räder. Der Wind schnitt ihnen ins Gesicht. Selbst der Schal, den Evi sich über Mund und Nase geschoben hatte, bot kaum Schutz.

Sie hatte die Handschuhe nicht gefunden und keine Lust gehabt, lange nach ihnen zu suchen. Nun bereute sie es. Sie konnte die Finger kaum noch spüren, obwohl sie die Ärmel über die Hände gezogen hatte.

Am einen Ende des Weihnachtsmarkts stellten sie die Räder ab und schlenderten an den Ständen entlang. Ein schmuddeliger Nikolaus überreichte ihnen eine winzige Tafel Schokolade. Der Wattebart, angegraut von zahlreichen Weihnachtsmarktwintern, baumelte ihm schief ums Kinn.

Es roch nach Bratwurst, Glühwein und Kräuterbonbons. Mitglieder der Heilsarmee sangen zu einem Akkordeon. Zwei Zeugen Jehovas standen fußstampfend abseits, die Zeitschrift *Erwachet* vor der Brust.

Die Leute drängten an den Ständen vorbei. Evi und Tom ließen sich mit ihnen treiben.

Evi war auf der Suche nach einem Geschenk für Oma, doch nichts war ihr gut genug.

»Etwas Blaues«, sagte sie. »Es muss unbedingt etwas Blaues sein.«

Sie wusste, wenn sie etwas Blaues fände, dann würde das Glück bringen.

Glück.

Selten hatte sie es so nötig gebraucht.

Sie leisteten sich eine heiße Waffel, auf der langsam der Puderzucker schmolz, und schlenderten weiter.

An einem Stand mit Holzspielzeug begegneten sie Jenni und Olli. Jenni fiel ihnen beinah um den Hals.

»Gut, dass ihr kommt! Ich krieg Olli einfach nicht von hier weg.«

Ein hölzernes Männchen, das kopfüber die Sprossen einer kleinen Holzleiter hinunterpurzelte, hatte es ihm angetan. Jenni musste das Männchen wieder und wieder auf die oberste Sprosse setzen.

»Noch mal!«

Seufzend hob Jenni das Männchen auf.

»Das ist kein Spielplatz hier«, sagte der Verkäufer grob.

»Noch mal, Jenni!«

»Du hast doch gehört, was der Mann gesagt hat.« Jenni nahm Ollis Hand und versuchte, ihn wegzuziehen.

»Will das haben!«

»Olli …«

Er stieß einen klagenden Heulton aus.

»Wünsch dir das vom Christkind«, sagte Jenni.

»Und wenn's Christkind das nich hat?«

»Das Christkind hat alles«, behauptete Jenni.

»Aber das Männchen muss grün sein! Und eine rote Mütze haben!«

»Dann schreiben wir das auf deinen Wunschzettel«, versprach Jenni.

Olli riss sich von Männchen und Leiter los, bedachte den unfreundlichen Verkäufer mit einem finsteren Blick und ging mit ihnen weiter.

Sie näherten sich bereits dem Ende des Weihnachtsmarkts und Evi hatte noch immer nichts für Oma gefunden.

Olli hüpfte neben ihr her.

Plötzlich fasste er sie bei der Hand und zog sie zu dem Stand eines Glasbläsers.

Dort standen Vasen, Gläser, Flakons, Schalen und Tierfiguren in allen Farben.

Evis Blick fiel auf ein langstieliges Glas, das die Form einer Blume mit weit geöffnetem Kelch hatte.

Es war von einem so unvorstellbaren Blau, dass ihr der Atem stockte.

Sie ließ Olli los. Vorsichtig nahm sie das Glas in die Hand.

»Nicht anfassen«, warnte die Frau hinter der Theke. Ihre Hände steckten in Handschuhen, die die Fingerspitzen freiließen. Sie trank Glühwein aus einem Pappbecher und ihr Atem entließ weiße Wölkchen in die Luft.

Evi stellte das Glas wieder hin.

Blaue Tage, dachte sie, *blaue, blaue Tage.*

Am Fuß des Glases klebte ein Schildchen.

Fünfundvierzig Euro.

Fünfundvierzig Euro!

Da würde ihr Geld für die übrigen Geschenke nicht ausreichen.

Ratlos schaute sie sich um. Dann wurde ihr Blick wieder von dem magischen Blau gefangen.

»Ich möchte das haben, bitte«, sagte sie zu der Verkäuferin.

Sie nestelte den Geldbeutel aus der Tasche, hielt der Frau das Geld hin.

Blau, dachte sie. Wenn ich Oma dieses Blau schenke, dann wird alles gut.

Die Verkäuferin entfernte das Preisschildchen, umwickelte das Glas mit Seidenpapier und legte es in einen schmalen Karton.

»Du bist verrückt«, sagte Tom.

Evi hielt den Karton gegen die Brust gepresst. Ihr war heiß und kalt, und sie hätte am liebsten gesungen.

»Bist du reich?«, fragte Olli, der die Geldscheine in ihrer Hand gesehen hatte.

»Jetzt nicht mehr.« Evi drückte ihm einen Kuss auf die kleine rote Nase. »Jetzt bin ich arm wie eine Kirchenmaus.«

»Iiieeeh!« Olli wischte sich die Nase ab. »Ich will kein Kuss von eine Maus!«

25

Evi fuhr zu Frau Klapproth, um die ausgeliehenen Bücher zurückzubringen und sich neue auszusuchen.

Frau Perge machte ihr auf. Ihr Haar war heute von einem kräftigen Violett. Sie bemerkte Evis Blick und fuhr sich mit der Hand über die Locken.

»Ist ein bisschen missglückt«, sagte sie. »Aber man gewöhnt sich daran. Du kommst übrigens gerade recht zum Tee.«

Frau Klapproth und Herr Ronnebach saßen im Wohnzimmer. Auf dem Tisch stand ein Adventsgesteck, das Oma gemacht hatte, daneben eine Schale mit Weihnachtsgebäck. Im Kamin prasselte ein gemütliches Feuer.

Frau Perge trug das Teegeschirr herein und für Evi einen Becher Kakao.

»Greif zu«, sagte Frau Klapproth. »Wir haben Unmengen gebacken und brauchen dringend jemanden mit gesundem Appetit.«

Das war nun wirklich kein Problem. Evi dachte an Vera und an ihr Entsetzen, wenn sie das sähe – Plätzchen und Kakao mit Sahne. Hunderte von Kalorien auf einen Schlag!

»Schade, dass deine Oma heute keine Zeit hat.« Frau Klapproth legte das Bein hoch. Ihr Fußgelenk war nur noch mit einem Verband umwickelt.

»Heute kommen zwei Frauen zur Anprobe«, erklärte Evi. »Es hat sich herumgesprochen, dass Oma eine super Schneiderin ist.«

Sie nahm sich einen Zimtstern und danach ein Ingwerplätzchen. Es hatte einen strengen, unangenehmen Geschmack. Evi spülte ihn rasch mit Kakao hinunter.

Der Tag war nass und grau. Die Bäume streckten die entlaubten Äste wie Finger in den Himmel. Im Futterhäuschen auf der Terrasse stritten sich eine Handvoll Spatzen um den besten Platz.

»Was wünschst du dir denn zu Weihnachten, Evi?«, fragte Herr Ronnebach. Ein Schal war um seinen Hals geschlungen, seine Stimme klang erkältet. Aus seinen Nasenlöchern sprossen schwarze Haare, die Evi noch nie aufgefallen waren.

»Dass Oma bei uns bleibt.«

Darauf folgte Stille. Frau Klapproth zupfte am Kragen ihres Pullovers. Herr Ronnebach zog ein Taschentuch aus der Hosentasche. Frau Perge schenkte Tee nach.

»Sie wird sterben in diesem Heim.« Evi stopfte sich ein Mandelplätzchen in den Mund.

Essen!, befahl sie sich. Essen und trinken und bloß nicht heulen!

»Aber Kind!« Herr Ronnebach schnäuzte sich kräftig und steckte das Taschentuch wieder weg. »So was darfst du nicht mal denken!«

Evi spürte, wie sich Wut in ihrem Bauch sammelte.

»*Sie* müssen ja nicht ins Heim!«

Das Zetern der Spatzen war für eine Weile das einzige Geräusch.

»Ich glaube, deine Oma ist stärker, als du denkst«, sagte Frau Perge.

»Sie soll nicht stark sein, sie soll einfach bei uns bleiben.«

Jetzt stiegen Evi die blöden Tränen doch in die Augen. Sie biss in einen Lebkuchen, aber ihre Lippen bebten so heftig, dass sie nicht kauen konnte.

Herr Ronnebach reichte ihr ein Taschentuch aus der anderen Hosentasche, ein frisches. Evi nahm es, fuhr sich damit über die Augen und richtete ihre Aufmerksamkeit auf die Spatzen draußen.

Die hatten ihr kleines Spatzenleben, flogen und fraßen und plusterten sich rund und brauchten sich keine Sorgen um ihre Großmütter zu machen. Wahrscheinlich kannten sie sie nicht mal.

Frau Klapproth griff nach ihrem Stock, erhob sich und humpelte langsam in die Küche.

Frau Perge sah ihr nach. »Sie wird die Nächste sein«, sagte sie.

Es begann zu dämmern. Die Farben des Gartens verblassten zu einem einheitlichen Grau. Einer nach dem andern schwangen die Spatzen sich auf und stießen in den Himmel.

Frau Klapproth kam zurück und schaltete das Licht ein. Evi blinzelte in der plötzlichen Helligkeit. Sie stand auf und ging zum Regal.

All die Bücher. Frau Klapproth würde sie nicht mitnehmen können, wenn es so weit war. Und die schönen alten Möbel. Im Heim war kein Platz dafür. Sie würde ein paar Stücke auswählen können, von den übrigen würde sie sich trennen müssen.

Die Bilder, die Pflanzen und Teppiche, das Haus, der Garten, was für eine Vergeudung!

Hinter ihr hatten die drei das Gespräch wieder aufgenommen. Sie redeten jetzt von anderen Dingen, doch Evi konnte ihre bedrückte Stimmung spüren.

Sie dachte an das blaue Glas.

Nein, sie würde nicht aufhören, an ein Wunder zu glauben. Und wenn es kein Wunder gab, dann musste sie eins erfinden.

Mit einer Tragetasche voller Bücher verabschiedete sie sich. Frau Klapproth gab ihr Gebäck mit.

Als Evi sich am Ende der Straße noch einmal umdrehte, sah sie die drei in der hell erleuchteten Tür stehen. Sie hob die Hand und winkte. Die drei winkten zurück. Dann schlossen sie die Tür und der Lichtstreifen, der in den Vorgarten fiel, erlosch.

Ein Rascheln, ein Hin und Her von eiligen Schritten, das Quietschen der Schranktür, dann erst machte Oma auf.

»So ist das vor Weihnachten.« Sie schmunzelte. »Und dass du mir nicht durchs Schlüsselloch linst!«

»Prima Tipp«, sagte Evi. »Beim nächsten Mal werd ich dran denken.«

Oma stemmte die Arme in die Hüften. »Du weißt vielleicht nicht, dass sich dann alle Geschenke in Luft auflösen?«

Evi grinste und schüttelte den Kopf.

»Also. Jetzt weißt du's.«

Evi dachte an die versteckten Geschenke in ihrem eigenen Zimmer. »Das gilt aber auch für dich.«

Oma trat beiseite und ließ sie herein. »Wie war dein Nachmittag?«

»Schön«, sagte Evi.

»Mehr verrätst du nicht?«

»So ist das eben vor Weihnachten.«

»Schach«, sagte Oma.

»Matt«, sagte Evi.

Sie war mit Jenni in der Stadt gewesen. Ohne Olli. Sie hatten in den Geschäften gestöbert, selbst in den teuren, die für sie überhaupt nicht infrage kamen.

Jenni hatte ihre Geschenke gleich zu Anfang gefunden. Für ihre Mutter hatte sie eine Kette aus Holzperlen gekauft und für Olli ein buntes Blechküken. Wenn man es aufzog, watschelte es schnatternd davon.

Evi hatte zuerst kein Glück gehabt. Das blaue Glas hatte ein empfindliches Loch in ihren Geldbeutel gerissen, und allein ein Taschenbuch über Gartenteiche, wenn es ein gutes war, kostete mehr, als sie aufbringen konnte.

Girlanden aus Lichtern und Tannengrün waren über die Straßen gespannt. Vereinzelte Schneeflocken fielen. Zwei kleine Kinder leckten an einer Schaufensterscheibe. Ein Straßenhändler bot geröstete Maronen an. Ein junges Mädchen in einer Jacke aus blau gefärbten Kunstfellen spielte Geige zu einer vollständigen Orchesterbegleitung aus einem Aufnahmegerät.

Sie waren inzwischen in die Altstadt gelangt, wo nicht mehr ein solches Gedränge herrschte, und bogen in eine kleine Seitenstraße ein. Beinah wären sie an dem unscheinbaren Schaufenster vorbeigelaufen, als Evi das verschnörkelte *Antiquariat* auf der fleckigen Scheibe las.

Sie schob die Tür auf.

Ein langer, schmaler Raum mit blinden efeuverhangenen Fenstern zum Hinterhof empfing sie. Der Herr über all die Schätze, die dort in hohen, überladenen Regalen und auf zusammengestellten Tischen auf Käufer warteten, war ein nachlässig gekleideter alter Mann mit einem dünnen grauen Zopf und filzigem Bart.

Er nickte ihnen zu und ging dann murmelnd an den Buchreihen entlang, eine Kaffeetasse mit abgestoßenem Rand in der einen Hand, in der andern ein Croissant, von dem er hin und wieder abbiss.

In einem schäbigen Korbsessel lag ein kleiner Hund, grau und struppig wie sein Herrchen. Bei Evis und Jennis Eintreten hatte er schläfrig den Kopf gehoben, ein kurzes, halbherziges Knurren von sich gegeben und dann nicht weiter auf sie geachtet.

Evi starrte andächtig an den Regalen hoch. »Hier könnte ich es ewig aushalten«, flüsterte sie.

»Ich nicht.« Jenni betrachtete missmutig ihre Finger, die vom Blättern in zwei Büchern bereits schwarz geworden waren.

Der Mann verschwand hinter einem Vorhang aus Bastschnüren. Sie hörten ihn husten und mit Geschirr klappern, hörten die Wasserspülung einer Toilette, das Klingeln eines Telefons und dann seine leise, ein wenig brüchige Stimme.

Es wurde ein langes Telefongespräch.

Kein anderer Kunde war im Laden und die Mädchen konnten sich in aller Ruhe umsehen. Ein vorsintflutliches Heizgerät im hinteren Teil des Raums gab spärlich Wärme ab. Vorn bei der Tür blieb es zugig und kalt.

Evi stieß auf ein Buch von Oscar Wilde, eine Sammlung bissiger Sprüche, die Vera gefallen würden, da war sie sicher.

Sie verwarf die Idee mit dem Kugelschreiber, klemmte es sich unter den Arm und suchte weiter.

Unter einem Stapel zerlesener Comics grub sie einen dicken, recht günstigen Fotoband über Gartenteiche aus, und als sie schon an der Kasse standen und darauf warteten, dass der Alte zurückkäme, fiel ihr Blick auf ein Buch über Aquarien.

Sie beschloss, es für Tom mitzunehmen, und überlegte gerade, ob sie sich bemerkbar machen sollten, als sich der Bastvorhang teilte.

Die Augen des alten Mannes waren fast schwarz und lagen tief in ihren Höhlen. Die dichten Augenbrauen wuchsen ihm über der Nasenwurzel zusammen, seine Haut war eine Landschaft von Furchen und Runzeln.

Er besah sich die Bücher und schnalzte mit der Zunge.

»Oscar Wilde! Den liest du schon?«

Evi schüttelte den Kopf. »Das Buch ist für meine Schwester.«

»Soso, für deine Schwester.« Er sah ihr aufmerksam in die Augen. »Aber du selbst liest auch sehr viel.«

Das war keine Frage, es war eine Feststellung.

»Ich seh's den Leuten an, ob sie lesen oder nicht. Wer nicht liest, mag eine Menge über das Leben wissen, aber er hat keine Ahnung von dem, was sich dahinter verbirgt.«

Auf den Büchern klebten Preisschildchen. Er schaute sie sich an und nannte dann eine Summe, die noch niedriger war als die, die Evi ausgerechnet hatte.

»Haben Sie sich da nicht vertan?« Evi rechnete schnell nach.

Wieder heftete sich der Blick der schwarzen Augen auf sie. Die Lippen des Alten verzogen sich zu einem Lächeln, ein Eckzahn fehlte ihm.

»Ich mag Kunden, die meine Bücher zu schätzen wissen und sie gut behandeln.« Erst jetzt sah er Jenni an, die unwillkürlich zurückwich. »Kommt mal wieder vorbei. Wir würden uns freuen, nicht wahr, Aristoteles?«

Als er seinen Namen hörte, richtete der Hund die Ohren auf, winselte und schlief weiter.

»Ein unheimlicher Kerl«, sagte Jenni, als sie wieder draußen im dunklen Nachmittag standen. »Da geh ich nie wieder rein.«

»Ich fand ihn nett.«

Der Riemen ihrer Umhängetasche schnitt Evi in die Schulter. Trotzdem fasste sie Jenni an den Armen und wirbelte sie glücklich herum.

»Dass du dich über ein paar verstaubte Bücher so freuen kannst!«

»Verstaubte Bücher?« Evi strahlte. »Das meinst du doch nicht ernst!«

Die Bücher waren nicht mehr unberührt, und das sah man ihnen auch an, aber sie waren erschwinglich gewesen. Und mehr als das.

Evi hatte noch fünf Euro übrig.

Dafür lud sie Jenni zu einem Milchshake ein.

»Ich bin völlig pleite«, sagte sie jetzt begeistert.

Oma schaute sie über den Rand ihrer Brille hinweg an.

»Für jemanden, der pleite ist, wirkst du erstaunlich fröhlich.«

»Bin ich auch.« Evi warf sich auf Omas Bett und verschränkte die Hände hinterm Kopf. »Meinst du, Olli ist schon alt genug für meine alten Legos?«

»Bestimmt.«

Evi richtete sich auf und zog das rote Buch aus der Hosentasche.

Oma wandte den Blick ab.

»Du hast lange nicht mehr reingeguckt«, sagte Evi.

Oma nahm ein Tuch und begann die Fensterbank abzuwischen, auf der kein Fitzelchen Staub zu sehen war.

Evi rollte sich vom Bett und legte das Buch aufgeschlagen auf die Fensterbank, Oma direkt vor die Nase.

»Evi ...«

»Blau«, sagte Evi rasch. »Alles blau, siehst du? Kein einziger grauer Tag! Nicht mal ein Schimmer von Grau.«

»Du hast es die ganze Zeit weitergeführt?«

Oma tippte die Seiten an.

Zaghaft schlug sie einige um.

»Und ich hab nicht gemogelt.«

»Das ändert aber nichts an meinem Entschluss, Kind.«

»*Warum* nicht?«

»Mach es mir doch nicht so schwer, Evchen. Ich würde mich ja gern belügen, aber ich kann es nicht.«

Vera steckte den Kopf ins Zimmer. »Mama hat angerufen. Wir sollen nicht mit dem Essen auf sie warten. Sie kommt später.«

Evi stopfte das Buch verstohlen in die Hosentasche zurück.

»Geheimnisse?«, fragte Vera süßlich. »Tagebuch? Verliebt?«

»Du gehst mir auf den Wecker!«, fuhr Evi sie an und drängte sich an ihr vorbei.

»Was für eine Laus ist der denn über die Leber gelaufen?«, hörte sie Vera noch fragen, dann war sie in ihrem Zimmer und knallte die Tür hinter sich zu.

Ihr Herz klopfte wie verrückt.

Sie zog das Buch wieder hervor und klappte es auf.

Zögerte einen Moment lang.

Riss dann die Seiten heraus und zerfetzte sie.

Eine nach der andern.

Die Schnipsel trug sie ins Bad, ließ sie ins Klo rieseln und spülte sie runter. Den Einband warf sie in den Papierkorb.

Sie hatte das langsam getan, so wie man Dinge in manchen Träumen tut, aber ihr Atem ging rasch, als hätte sie eine gewaltige Anstrengung hinter sich gebracht. Sie legte sich aufs Bett und starrte an die Decke.

Ihre Wut und ihre Enttäuschung wurden kleiner, als sie an das blaue Glas dachte. Sie hatte jetzt etwas Besseres als das Merkbuch. Sie hatte einen Zauber, und es war doch möglich, dass er wirkte.

Sie stand auf, verschloss die Tür und holte den Karton aus dem Schrank hervor.

Behutsam wickelte sie das Glas aus dem Seidenpapier, hielt es gegen das Licht der Lampe und schaute es an, bis sie Vera zum Essen rufen hörte.

Papa machte ein mürrisches Gesicht. »Und warum wird es bei eurer Mutter diesmal später?«

»Mama hat noch Schreibkram zu erledigen«, sagte Vera.

»Schreibkram.« Papa nickte grimmig. »Ich möchte, dass meine Familie am Abend hier versammelt ist.«

»Da hast du ja einen schönen Chauvi großgezogen«, sagte Vera zu Oma.

»Einen schönen … was?«, fragte Evi.

»Einen Mann, der die Frauen gern hübsch brav und ordentlich hat«, erklärte Vera. »So einen wie Papa eben.«

»Ich glaube, er tut nur so«, sagte Oma. »Das ist wie mit den Hunden, die bellen.«

»Aber manche beißen eben doch«, warf Vera ein.

»Ich hab noch nie jemanden gebissen.« Papa zerquetschte ein wehrloses Brötchen. »Aber wenn, dann würde ich mit dem Pauly anfangen.«

»Patient beißt Zahnarzt.« Vera malte die Schlagzeile in die Luft. »BILD sprach als Erste mit dem Opfer.«

»Ich hab ihn wirklich mal gebissen«, erzählte Evi. »Mit sieben. Als er mir einen Zahn aufbohren wollte.«

Vera prustete los.

»Braves Kind«, lobte Papa. »Schade, dass du nicht mehr sieben bist.«

Sogar an Heiligabend musste Mama arbeiten, und was noch für das Fest zu tun war, wurde gerecht unter dem Rest der Familie aufgeteilt.

Papa pflanzte den Christbaum in einen Kübel, Vera wurde für die letzten Besorgungen losgeschickt, und Evi half Oma bei den Zubereitungen für das Fondue.

Jasper hatte seinen Warteposten neben dem Fressnapf bezogen und brachte sich dann und wann mit einem gereizten Maunzen in Erinnerung.

Die beiden Weihnachtstage wollte Oma mit Frau Klapproth, Frau Perge und Herrn Ronnebach verbringen. Für den Nachmittag des zweiten Weihnachtstags war die ganze Familie bei Frau Klapproth zum Tee eingeladen.

Oma stellte die Schüssel mit den Fleischstücken in den Kühlschrank. Sie war ungewöhnlich schweigsam.

»Woran denkst du?«, fragte Evi.

Oma schob die Sehnen, die sie vom Fleisch abgetrennt hatte, mit dem Messer auf dem Schneidebrett zusammen. »An Opa«, sagte sie. »Um die Weihnachtszeit fehlt er mir besonders.«

»Aber jetzt hast du uns«, sagte Evi. »Mich und Vera und Mama und Papa.«

»Nicht zu vergessen Jasper.«

Endlich erschien wieder ein Lächeln in Omas Augen. Sie warf Jasper ein Bröckchen Fleisch zu.

Er schleuderte es in die Luft und fing es wieder auf, stieß es kreuz und quer durch die Küche und erlegte es schließlich mit einem gezielten Hieb.

Als Mama am Mittag nach Hause kam, war für den Abend alles vorbereitet. Evi und Papa waren damit beschäftigt, den Baum zu schmücken.

Jasper hatte bereits eine Christbaumkugel heruntergerissen und einen entsetzten Sprung zur Seite getan, als sie splitternd neben ihm zerschellt war, doch der Schreck saß offenbar nicht tief genug. Die zweite Kugel konnte Papa gerade noch auffangen.

Er packte Jasper, öffnete die Terrassentür und warf ihn hinaus. Jasper sprang auf die Fensterbank und starrte ihn vorwurfsvoll durch die Scheibe an.

»Weihnachten«, seufzte Mama und kuschelte sich aufs Sofa.

Papa brachte ihr Kaffee und ein Stück Christstollen und setzte sich zu ihr. »Du hast nicht zufällig Notdienst über die Feiertage?«

Mama achtete nicht auf die Ironie in seiner Stimme. Sie schüttelte den Kopf. »Das hätte ich auch nicht mitgemacht.«

»Also Weihnachten.« Er lehnte sich entspannt zurück. »Wirklich und wahrhaftig Weihnachten.«

Nachdem sie sich gestärkt hatte, ging Mama in die Küche und verwandelte sie im Handumdrehen in ein Schlachtfeld. Sie packte Veras Einkäufe aus, ohne sie wegzuräumen, rührte den Waffelteig an, ließ dann alles stehen und liegen und machte es sich am Tisch bequem, um seelenruhig die Post zu lesen.

Oma krempelte die Ärmel hoch und begann, wieder Ordnung zu schaffen.

Evi zog sich in ihr Zimmer zurück, um die Geschenke zu verpacken. Am liebsten hätte sie sie sofort verteilt, doch der Ablauf war jedes Jahr derselbe: Kaffeetrinken, Dämmerung, Singen, dann erst Bescherung.

Blau, dachte Evi, *blau, blau, blau, blau.*

Sie malte sich zum hundertsten Mal aus, wie Oma das Glas auspacken und was sie sagen würde. Sie würde die Bedeutung des Geschenks sofort erkennen.

Die Tür flog auf.

»Wo ist mein Tagebuch?« Veras Wangen waren erhitzt, was sie noch schöner machte. Ihre Augen blitzten angriffslustig.

»Woher soll ich das wissen?«

»Es lag an einem ganz bestimmten Ort«, erklärte Vera, als wäre der Ort tatsächlich noch ein Geheimnis, »und da ist es nicht mehr.«

»Dann wirst du was draufgelegt haben.« Evi war gerade damit beschäftigt, das Buch für Tom in Weihnachtspapier zu verpacken. Vera rührte sich nicht vom Fleck.

»Was guckst du mich so an?« Evi hob die Arme. »Willst du mich durchsuchen? Bitte sehr.«

Als Vera sich immer noch nicht rührte, ließ sie die Arme wieder sinken.

»Und an die Handschellen hast du auch gedacht?«

»Irgendwo *muss* es ja sein.« Vera ließ ihren Blick beleidigend gründlich durchs Zimmer wandern.

»Jetzt reicht's aber! Dein blödes Tagebuch ist mir doch so was von egal! Ich würd's nicht mal lesen, wenn du mich auf Knien darum bitten würdest!«

Vera machte auf dem Absatz kehrt und verschwand türschlagend in ihrem Zimmer.

Evi umwickelte das Päckchen für Tom mit lila Kringelband und legte die Geschenke auf ihren Schreibtisch. Sie schaute aus dem Fenster, vor dem sich endlos der Nachmittag dehnte.

Wollte es denn heute überhaupt nicht dunkel werden?

Sie ging in die Küche. »Wann gibt's die Waffeln?«

»In einer Stunde ungefähr«, sagte Mama.

Offenbar war ihr eingefallen, dass sie bei ihrer Weihnachtspost irgendjemanden vergessen hatte, denn sie schrieb eine Karte.

»Also wirklich, Evi, manchmal bist du wie Jasper. Man kann doch nicht unentwegt essen.«

»Es geht gar nicht ums Essen«, verteidigte sich Evi gekränkt. »Es geht um die Bescherung. Die Zeit kriecht ja nur so dahin.«

Die Küche war wieder sauber und aufgeräumt. Oma saß Mama gegenüber und las Zeitung.

»Der Tisch müsste noch gedeckt werden«, sagte Mama.

»Wieso immer ich? Wieso nicht zur Abwechslung mal die liebe Vera?«

»Ich dachte nur, die Zeit würde dir dann nicht so lang.«

Mama beugte sich wieder über die Karte.

Oma sah auf die Uhr an der Wand. »Es ist spät.«

Es war halb drei.

»So früh noch?« Evi stöhnte auf.

»Viele Uhren gehen falsch«, sagte Oma.

Mama hob den Kopf. Auch Evi merkte, dass dieser Satz nicht passte, und tief in ihr regte sich leise ein fast vergessener Argwohn.

Doch im nächsten Moment schlug Oma ihr vor, einen Spaziergang zu machen, und Evi dachte nicht mehr über ihre seltsame Äußerung nach.

Draußen war es klirrend kalt. Der Himmel war wie in Watte gepackt, aber er hatte nicht die bräunliche Farbe, die Schnee ankündigt. Die Lichterketten in den Bäumen der Gärten und die Kerzenpyramiden an den Fenstern leuchteten schon. Niemand und nichts war auf der Straße.

Evi konnte sich nicht erinnern, jemals zuvor eine solche Stille gespürt zu haben.

»Als ob alles warten würde«, sagte sie.

»Ja. Aber worauf nur?«, fragte Oma verwundert.

Die Geschenke waren unter dem Christbaum aufgebaut. Evi hatte die Weihnachtsgeschichte vorgelesen, wie jedes Jahr, und wie jedes Jahr hatte Vera sich danach ans Klavier gesetzt und sie alle beim Singen begleitet.

Stille Nacht. Leise rieselt der Schnee. Süßer die Glocken nie klingen.

Jasper lag wie ein Plüschtier zwischen den Geschenken und schlief.

»Mit wem fangen wir an?«, fragte Mama, als endlich die Zeit für die Bescherung gekommen war.

»Mit mir. Evi war letztes Jahr als Erste dran.« An solche Dinge erinnerte Vera sich genau, da hatte sie das Gedächtnis eines Elefanten.

»Also, Vera«, Papa bückte sich nach einem Geschenk in goldenem Weihnachtspapier, »das ist für dich.«

Vera riss das Papier auf. Sie stieß einen Schrei aus und fiel Mama und Papa um den Hals.

»Danke! Danke! Danke!«

Ihre Finger fuhren zärtlich über jede einzelne Taste.

»Ich werde sie Abby nennen.«

»Abby?« Papa grinste. »Dein Laptop ist eine *Frau*?«

»Warum nicht? Die lieben alten Vorurteile, was?«

»Schon gut, schon gut!« Papa hob die Hände. »Vielleicht hätte ich bei vier Frauen in der Familie nur einfach gern ein bisschen Verstärkung gehabt.«

»Du vergisst Jasper«, sagte Vera.

Beim Klang seines Namens hob Jasper den Kopf, ließ ihn jedoch sofort wieder sinken.

»Und das sind deine Geschenke, Evi.« Mama reichte Evi zwei Päckchen in rot-grün gestreiftem Papier.

Evi wickelte sie mit klopfendem Herzen aus.

Die Eltern hatten ihr das Handy geschenkt, von dem sie träumte, seit Mariele haargenau das gleiche zum Geburtstag bekommen hatte.

Und außerdem eine echte Kuckucksuhr.

Geschnitztes Laub um das Gehäuse, Gewichte in Form von Tannenzapfen und eine kleine Tür, hinter der der Kuckuck wartete.

Der Vater nahm ein Bild von der Wand und hängte die Uhr provisorisch an den Haken. Er zog sie auf und drehte an den Zeigern.

Ein Rasseln und das Türchen schwang auf.

Blitzschnell kam der Kuckuck heraus.

Schon beim zweiten Ruf war Jasper auf den Beinen und starrte den seltsamen Vogel an, der solch einen unverschämten Lärm machte.

Der Kuckuck verschwand. Jasper schlich unter der Uhr hin

und her, den Kopf erhoben, den Körper bis in die Schwanzspitze gespannt.

Ein schwieriger Fall. Eine Jagd, die sich hinziehen würde.

Er sprang aufs Klavier und legte sich auf die Lauer. Er hatte jede Menge Zeit.

Kuckuck, dachte Evi. Glücksvogel.

Ein Glücksvogel und ein Zauberglas. Da war ein Wunder nicht mehr weit.

Vera hatte für jeden ein Gedicht geschrieben. Den ersten Buchstaben hatte sie jeweils kunstvoll verschnörkelt, die Blätter gerollt und mit geflochtenen Wollfäden zugebunden.

Sie lasen die Gedichte und tauschten sie untereinander aus.

»Ich frage mich«, murmelte Papa, »von wem sie das hat.« Er legte Vera den Arm um die Schultern. »Die sind richtig gut, weißt du das?«

Vera wurde rot. Dabei litt sie im Allgemeinen nicht an Bescheidenheit.

»Gut?« Oma hatte die Gedichte zum zweiten Mal gelesen und nahm jetzt ihre Brille ab. »Die sind mehr als gut. Vera, du hast wirklich Talent.«

Die Eltern schenkten sich ein modernes Gemälde, auf dem sich eine schwindelerregend hohe Steintreppe mit ausgetretenen Stufen um einen nebelverhangenen Felsen wand.

Das Bild erschreckte Evi. Sie wollte sich zwingen wegzusehen, konnte jedoch den Blick nicht abwenden.

»Wohin führt die Treppe?«, fragte sie.

»Für jeden woandershin.« Mama war noch ganz in den Anblick des Bilds versunken. »Was meinst du denn, wohin sie führt?«

Evi schauderte.

»Ins Nichts. Ins … Nirgendwo.«

»Das glaube ich nicht«, widersprach Oma ihr. »Über dem Nebel ist die Sonne, und auf dem Felsen liegt ein kleines Dorf mit Bauernhöfen, Sommergärten und bunten Katzen, die auf Fensterbänken schlafen.«

»Und mit Großmüttern«, ergänzte Papa, »die ihr Geschenk auf dem Schoß halten und es nicht auspacken, weil sie von friedlichen Dörfern schwärmen.«

Oma lachte. Sie beugte sich über das Geschenk der Eltern und blickte überrascht auf. Es war ein schmaler handgewebter Tischläufer, dessen Farben genau zu den Vorhängen in ihrem Zimmer passten.

Er löste in Evi eine wilde Hoffnung aus. Würden die Eltern Oma so was schenken, wenn sie wirklich daran dachten, dass sie in ein Heim gehen würde?

Oma breitete den Läufer probehalber auf dem Couchtisch aus und strich ihn glatt. »Er passt wunderbar zu meinen …« Sie stockte und lächelte sich dann selbst Mut zu. »Er passt wunderbar zu mir.«

Der Kuckuck, der sich jede Viertelstunde meldete, schoss wieder aus dem Türchen hervor. Jaspers Schnurrhaare bebten, sein Schwanz peitschte den Klavierdeckel.

Oma stand auf, ging zum Christbaum und bückte sich nach

den Päckchen. Für Mama hatte sie eine Flickenweste genäht. Papa bekam eine neue Schreibunterlage für seinen Schreibtisch, Vera einen silbernen Ring mit einem sanft glimmenden Mondstein darauf.

Evis Geschenk bestand aus einem länglichen Holzrahmen und einem geschlossenen gläsernen Einsatz, der mit einer durchsichtigen Flüssigkeit und weißem und schwarzem Sand gefüllt war.

Der Rahmen war rechts und links an einem niedrigen Holzständer befestigt, sodass man ihn drehen konnte. Stellte man ihn auf den Kopf, rieselte langsam der Sand von oben nach unten und es entstand eine Landschaft mit Bergen und Schluchten, Kratern, Hügeln und Tälern.

Die Landschaft war jedes Mal eine andere, und immer waren es Landschaften, in denen man gern fortgegangen wär.

Als Letzte verteilte Evi ihre Geschenke.

Oma hielt das Glas hoch und drehte es in den Händen. Es warf einen kühlen blauen Schimmer auf ihr Gesicht.

Der Zauber, dachte Evi und atmete schneller.

Er wirkt!

Es war wie bei einem Magier auf der Bühne, wenn plötzlich über einem schwarzen Tuch ein blasses Licht erscheint.

»Evi …«, sagte Oma leise.

Sie hatte verstanden.

Jeder nahm das Glas in die Hand und schaute es an, dann stellte Oma es auf den Läufer, und da war er wieder, der blaue Schimmer, der Zauber, der alles ins Lot bringen würde, und mischte sich mit den Farben, die so genau zu den Vorhängen in Omas Zimmer passten.

Sie aßen und tranken, redeten und lachten. Neben ihnen verputzte Jasper seine Portion Weihnachtssardinen. Die Jagd auf den komischen kleinen Vogel würde warten müssen.

Die Fleischstücke brutzelten im heißen Fett. Das Licht der Christbaumkerzen sprenkelte die Wände mit Schatten. Das neue Jahr schien weit entfernt.

29

Die Weihnachtsdekorationen waren durch Feuerwerkskörper, Luftschlangen und Konfetti ersetzt worden. In manchen Schaufenstern sah man sogar schon Karnevalskostüme.

Vera und Roland würden mit ihrer Clique feiern. Evi hätte den Silvesterabend auch gern mit Tom, Jenni und den andern verbracht, aber alle waren über die Ferien ausgeflogen. Jenni und Olli machten den ersten Besuch bei ihrem Vater.

»Andauernd fahren alle weg«, grummelte Evi.

»Hmh.« Oma hörte gar nicht richtig hin.

Seit einer halben Stunde standen sie in der Schlange, um die paar restlichen Einkäufe zu bezahlen. Den Haupteinkauf hatte Papa schon erledigt.

An den anderen Kassen lief es wie geschmiert, nur sie kamen und kamen nicht voran. Einmal musste die Kassiererin wegen irgendwas mit dem Filialleiter sprechen. Ein andermal bezahlte eine Frau umständlich mit einer Karte, die erst beim dritten Anlauf funktionierte. Dann musste eine Tüte Mehl umgetauscht werden, weil sie ein Loch hatte.

Endlich waren sie bis zur Kasse vorgedrungen und konnten das Geschäft verlassen.

Schneeregen fiel aus dem bleiernen Himmel und zerschmolz augenblicklich auf dem nassen Pflaster. Oma spannte den Schirm auf, Evi zog die Kapuze über den Kopf, und sie machten sich auf den Heimweg.

Der Tag war schmutzig und grau. Häuser, Bäume, alles schien die Farbe verloren zu haben.

Jasper kam ihnen jammernd entgegen. Evi hob ihn auf. Er war nass und struppig und seine Pfoten verschmierten ihren Ärmel.

»Bei diesem Wetter«, sagte sie zärtlich, »jagt man ja nicht mal einen Kater vor die Tür.«

Oma lächelte nicht über die Bemerkung. Sie suchte nach den Schlüsseln und brummte etwas Unverständliches vor sich hin.

Evi hatte für Vera grünen Tee mitgebracht und ging hinauf, um ihn ihr zu geben. Sie verstand nicht, wie man so was trinken konnte, doch Vera schwor darauf. Angeblich half er gegen unreine Haut.

Vera saß an ihrem Laptop wie immer. Sie sah kurz auf und gleich wieder weg. Ihre Finger, geschmückt mit Omas Mondsteinring, flogen über die Tasten.

Evi legte den Tee auf den Schreibtisch. »Da. Pass nur auf, dass du nicht *zu* schön davon wirst.«

»Hahaha!« Vera tippte weiter.

Evi hätte gern ein bisschen mit ihr geredet. Sie überlegte, womit sie ihre Aufmerksamkeit gewinnen könnte. Abby surrte leise vor sich hin. Sie hatte sich längst unentbehrlich gemacht.

Erstaunt bemerkte Evi, dass sie eifersüchtig war. Sie hatte

das dringende Bedürfnis, den Stecker rauszuziehen und Abby zum Schweigen zu bringen.

Verrückt, dachte sie. Abby ist ein *Laptop*!

Sie klaubte das Wechselgeld aus der Tasche und ließ es auf den Schreibtisch prasseln.

Vera zuckte zusammen und vertippte sich.

»Tu mir den Gefallen und verschwinde, ja?«

Ein zorniger Blick, dann wandte sie sich wieder Abby zu.

Evi tat Vera den Gefallen. Sie zog die Tür so heftig hinter sich zu, dass es schepperte.

»Geht's noch?«, brüllte Vera ihr nach.

»Du kannst mich mal!«, brüllte Evi zurück.

Mama war noch in der Praxis. Papa hatte sich Arbeit mitgebracht und in seinem Zimmer eingeigelt. Oma saß in der Küche und las Zeitung. Irgendwas köchelte auf dem Herd.

»Steht was Interessantes drin?«, fragte Evi.

Oma reichte ihr den Lokalteil.

Brand in einem Nachbarort. Bürgerinitiative gegen den geplanten Bau einer Umgehungsstraße. Messerstecherei in einer Kneipe. Große Hundeschau in der neuen Mehrzweckhalle.

Oma stand auf und rührte im Topf. Papa kam herein und setzte Teewasser auf.

»Trinkst du einen Tee mit?«, fragte er Oma und öffnete den Schrank, um die Tassen herauszuholen. Oma schüttelte den Kopf und verließ wortlos die Küche.

Papa sah ihr nach. »Was ist los?«, fragte er Evi. »Habt ihr Streit gehabt?«

»Nee. Sie ist schon den ganzen Morgen so.«

»Wahrscheinlich macht ihr das Wetter zu schaffen.« Papa nahm sich ein paar Kekse und beugte sich über die Zeitung.

Evi gab es auf, jemanden zum Reden finden zu wollen. Sie ging in ihr Zimmer und legte sich mit einem Buch aufs Bett. Aus Omas Zimmer hörte sie das vertraute Summen der Nähmaschine und zwischen Seite vierundzwanzig und fünfundzwanzig schlief sie ein.

Als sie wieder aufwachte, hatte sie Mühe, sich zurechtzufinden. Zuerst glaubte sie, es sei Morgen, doch dann fiel ihr ein, dass Silvester war und Nachmittag.

Im Zimmer war es schummrig. Der Tag draußen war noch grauer geworden, der Himmel noch schwerer.

Benommen trat Evi in den erleuchteten Flur hinaus und kniff geblendet die Augen zusammen. Sie hörte Mama in der Küche telefonieren.

Noch bevor sie die Worte verstand, wusste sie, dass es um Oma ging. Sie beugte sich übers Geländer und lauschte.

»Sie muss das Haus gegen Mittag verlassen haben. Genau wissen wir es nicht … Nein, niemand … Und Sie rufen mich an, wenn Sie etwas von ihr hören? … Herzlichen Dank, Frau Klapproth … Ja, das hoffe ich auch.«

Evi ging die Treppe hinunter. »Mama?«

Ihre Mutter fuhr zu ihr herum, das Handy noch in der einen Hand, die andere gegen die Brust gepresst.

»Mein Gott, hast du mich erschreckt!«

»Was ist passiert?«

Mama fühlte ihr die Stirn. »Du wirst mir doch nicht krank? Seit Jahren hast du tagsüber nicht mehr geschlafen.«

Ungeduldig schob Evi ihre Hand weg. »Ist Oma ...«

Mama gab sich gelassen. »Vielleicht macht sie ja nur einen Spaziergang.«

»Einen Spaziergang? Bei *dem* Wetter?«

Evi sah auf die Uhr. Zwanzig nach drei.

»Und so lange? Wir müssen sie suchen!«

Mama machte Licht in der Küche, stellte sich ans Fenster und sah hinaus. Der Schneeregen war stärker geworden. Matsch hatte sich auf der Straße gesammelt.

»Papa sucht sie schon.«

»Und Vera?«

»Vera ist auf ihrer Party.«

»Na toll! Hauptsache, sie hat ihren Spaß.«

»Da tust du ihr unrecht. Papa sagt, Oma war noch hier, als Roland Vera abgeholt hat.«

Mama begann, den Tisch zu decken. Evi sah ihr befremdet zu. Oma war verschwunden und sie dachte ans Essen!

»Wenn Oma nach Hause kommt, wird sie hungrig sein. Und ich bin es auch«, sagte sie nach einem Blick auf Evis vorwurfsvolle Miene.

Evi ließ sie stehen. Sie lief zur Garderobe und riss ihre Jacke vom Haken. Mit flatternden Händen schlang sie sich den Schal um den Hals, da klopfte es.

Omas Haare troffen vor Nässe. Der Mantel hing schwer an ihr herab und ihre Schuhe waren völlig durchweicht.

Sie kam herein und nieste.

Evi machte einen Schritt auf sie zu.

Oma wich vor ihr zurück. Sie streifte den Mantel ab und ließ ihn einfach zu Boden fallen. Dann ging sie in die Küche. Sie setzte sich an den Tisch und nieste wieder.

»Mutter. Wo hast du gesteckt? Bert sucht dich überall.«

»Es riecht nach Schnee«, sagte Oma.

»Hol ein Handtuch«, sagte Mama zu Evi.

»Ein Handtuch?« Oma kicherte. »Willst du den ganzen Schnee aufwischen?«

Als Papa nach Hause kam, lag Oma schon mit einer Wärmflasche im Bett und schlief.

Sie aßen in bedrückter Stimmung zu Abend, räumten den Tisch ab und setzten sich ins Wohnzimmer. Es war mit Luftschlangen geschmückt, aber niemandem war mehr nach Feiern zumute.

»Lust auf ein Spielchen?«, fragte Papa mit vorgetäuschter Munterkeit. Er rieb sich die Hände, als könne er es nicht erwarten.

Evi hatte keine Lust. Mama auch nicht.

Papa schaltete den Fernseher ein. Er drehte den Ton so leise, dass sie Oma hören konnten, falls sie etwas brauchte.

Die Leute im Fernsehen schäumten über vor guter Laune. Sie tanzten und lachten und bewarfen sich mit Konfetti.

Im Hintergrund war eine riesige Uhr zu sehen. Langsam bewegten sich die großen Zeiger durch den Rest des Jahres.

Mama schaltete um. Sie entschieden sich für *Die Feuerzangenbowle,* einen alten Schwarzweißfilm mit Heinz Rühmann, der eben angefangen hatte.

Evi sah kaum hin.

Sie brauchte sich nichts mehr vorzumachen.

Das neue Jahr würde ein Jahr ohne Oma werden.

Vielleicht holten sie sie ja schon morgen ab, wenn sich ihr Aussetzer verschlimmerte.

Glücksvogel und Zauberglas, dachte sie. Alles Quatsch.

Und plötzlich wusste sie, was sie zu tun hatte.

Sie würde tun, was sie sich schon lange vorgenommen hatte.

30

Oma wehrte sich gegen das Wachwerden. Immer wieder fielen ihr die Augen zu und sie drückte stöhnend das Gesicht ins Kissen. Aber schließlich saß sie doch auf der Bettkante, schläfrig und verwirrt.

Evi half ihr beim Anziehen.

Vorsichtshalber machte sie kein Licht.

Nichts durfte sie verraten.

Die Vorbereitungen hatten sie nicht viel Zeit gekostet. Sie hatte die Reisetasche der Eltern aus dem Wandschrank geholt, für Oma und sich selbst Hosen, Pullis, Unterwäsche und warme Socken eingepackt, eine Flasche Apfelsaft, Bananen, Brötchen und einen Schirm.

In Mamas Geldbeutel waren vier Hunderter und ein Fünfziger. Evi hatte die Scheine mit dem Anflug eines schlechten Gewissens in die Hosentasche gestopft.

Papas Brieftasche hatte sie nicht gefunden und in Veras Sachen hatte sie gar nicht erst gesucht. Ihre Schwester war ständig in Geldnöten.

Zusammen mit den hundertsiebzig Euro aus Omas Schublade würde das Geld eine Weile reichen.

Den Brief hatte sie gegen die Blumenvase auf dem Esstisch gelehnt. Dort würden ihn die Eltern vor dem Frühstück finden.

Evi warf einen Blick auf die leuchtenden Ziffern des Weckers.

Zwei Uhr zwanzig.

Vera übernachtete bei einer Freundin. Die Eltern waren kurz nach dem Feuerwerk ins Bett gegangen. Aus dem Schlafzimmer war schon bald darauf Papas tiefes Schnarchen gedrungen.

Evi half Oma in die gefütterten Stiefel. Die Kälte würde das größte Problem sein.

»Ich bin müde«, jammerte Oma.

»Pssst!«, raunte Evi ihr zu. »Nicht so laut!«

Sie knöpfte Oma den Mantel zu, wickelte ihr Veras langen Rundschal zweimal um den Hals, stülpte ihr eine Wollmütze der Mutter übers Haar, steckte ihr die Lesebrille in die Manteltasche und gab ihr die Handschuhe.

Dann zog sie die dicke Steppjacke an, knipste die Nachttischlampe aus, öffnete vorsichtig die Tür und horchte.

Papas Schnarchen war unregelmäßig geworden und wurde ab und zu von Pfeiftönen unterbrochen.

Umso weniger Geräusche durften sie machen.

Evi wartete, bis ihre Augen sich an die Dunkelheit gewöhnt hatten. Sie wagte es auch im Flur, gerade dort nicht, Licht zu machen.

»Jetzt!«, flüsterte sie und führte Oma zur Treppe.

Es dauerte eine Weile, bis Oma den Handlauf des Geländers fand. Langsam, Schritt für Schritt für Schritt, stiegen sie hinunter.

Evi hielt den Atem an.

Die Treppe schien plötzlich unendlich viele Stufen zu haben und jede knarrte verräterisch.

Endlich waren sie unten angelangt. Sie griff nach der Reisetasche, die am Fuß der Treppe bereitstand, schloss die Haustür auf, schob Oma hinaus und zog leise die Tür hinter sich zu.

Draußen stand die Kälte wie eine Wand.

Eine verspätete Rakete schoss kreischend in den Himmel, tauchte ihn in Purpur, Grün und Blau und regnete honigfarben nieder.

Oma riss erschrocken die Augen auf.

»Silvester«, sagte Evi. »Frohes neues Jahr, Oma.«

Oma blieb bei der Tür stehen. Ängstlich spähte sie in die Dunkelheit. Evi reichte ihr die Hand. Oma klammerte sich daran fest und wagte die ersten Schritte.

Dann und wann krachte es noch, explodierte es golden und silbern, sprühte es regenbogenbunt. Jedes Mal fuhr Oma zusammen und ihre Finger verkrampften sich in Evis Hand.

Sie kamen an Toms Haus vorbei. Beklommen sah Evi zu seinem schwarzen, leblosen Fenster hinauf. Er würde erst in einigen Tagen zurückkommen.

Und dann?

Vielleicht würde sie ihn nie wiedersehen.

Sie schüttelte den Gedanken ab und hob entschlossen den Kopf.

Ringsum wurde immer noch gefeiert. Schatten bewegten sich hinter den gelben Fenstern. Lachen floss aus den Häusern. Musik wehte in der Luft.

Unter einer Laterne blieb Oma stehen, hob die Arme und machte einige tänzelnde Schritte.

Sie lächelte.

In der künstlichen Beleuchtung war ihr Gesicht gespenstisch bleich.

Evi nahm sie am Arm und zog sie weiter.

Am Spielplatz kamen ihnen drei betrunkene Männer entgegen. Sie grölten, rempelten sich gegenseitig an und ließen eine Flasche kreisen.

»An Tagen wie diiiesen … wünscht man sich Unendlichkeeeiiit …«

»Prost!«, sagte Oma freundlich, als sie auf gleicher Höhe waren.

Die Männer verstummten, hielten rudernd das Gleichgewicht. Verblüfft starrten sie Oma an. Einer torkelte auf sie zu und drückte ihr einen schmatzenden Kuss auf die Wange.

»An Tagen wie diiiesen … haben wir noch ewig Zeeeiiit …«

Sie zogen weiter.

»Nette Kerle«, sagte Oma, »und so lustig.«

Sie drehte sich noch ein paarmal nach ihnen um.

Sie waren in eine Gegend gelangt, in der Evi sich nicht mehr auskannte. Aber es war ohnehin gleichgültig, wo sie waren oder wohin sie gingen.

Hauptsache weg.

So weit wie möglich.

Es waren keine Raketen mehr zu sehen, kaum noch Kracher zu hören. Ein Fensterlicht nach dem andern erlosch.

Oma wurde langsamer. Sie schaute neugierig in die wenigen noch erleuchteten Fenster, die wie Augen in der Nacht waren.

Die Reisetasche, die an einem langen Riemen über Evis Schulter hing, schien doppelt so schwer geworden zu sein.

Evi sah auf die Uhr. Sie waren seit beinah zwei Stunden unterwegs.

Oma stolperte. »Ich habe Durst«, sagte sie.

Evi setzte die Tasche ab und kramte den Apfelsaft hervor. Oma trank gierig. Der Saft rann ihr übers Kinn und versickerte in Veras Schal.

Evi nahm nur einen kleinen Schluck. Die Flasche musste bis zum Morgen reichen.

Bald hatten sie die letzten Häuser hinter sich gelassen und marschierten die Landstraße entlang. Hier standen keine Laternen mehr. Die Dunkelheit war stumm und dicht und raubte Evi den Atem.

Sie tastete nach Omas Hand.

Es begann zu regnen, hartnäckiger, kalter Regen, in den sich wässriger Schnee mischte. Evi zog sich die Kapuze über den Kopf und holte für Oma den Schirm aus der Tasche.

Zwischen den Feldern kam Wind auf. Er peitschte den Schneeregen vor sich her, zerrte am Schirm und durchnässte ihre Hosenbeine. Aber er schob auch die Wolken auseinander, die nun zögernd den Mond freigaben.

Fahles Licht übergoss das Land rechts und links der Straße.

Nach einer weiteren Stunde ungefähr erreichten sie Waldgebiet. Der Wind, von den Tannen abgefangen, belästigte sie nicht mehr.

»Lass uns singen«, sagte Oma.

Sie trug den aufgespannten Schirm feierlich wie eine Fahne vor sich her.

»Wir haben beim Wandern immer gesungen, Hermann und ich. Und Bertie. Er hatte ein Stimmchen wie ein Glockenspiel.«

Hier konnte sie niemand hören, niemand misstrauisch werden. Kein einziger Wagen war ihnen bislang begegnet.

»Aaabendstiiihille üüühüberaaall«, begann Oma mit dünner, zittriger Stimme.

Sie schwenkte den Schirm.

»Nuuur am Baaahach die Naaahachtigaaal.«

Sie gab Evi einen Klaps auf die Schulter, und Evi fiel zögernd ein.

»Singt ihre Weise klaaagend und leise duuurch das Taaal.«

Ihre Stimmen wurden vom Wald verschluckt. Evi zog die Schultern hoch. Sie spähte in die reglose Finsternis der Bäume und sang lauter.

»Und jetzt im Kanon«, sagte Oma. »Du fängst an.«

Sie sangen alle Lieder, die ihnen einfielen, bis Oma plötzlich verstummte. Da hörte auch Evi auf zu singen.

Felder und Waldstücke wechselten einander ab. Ein feiner Matschfilm hatte sich über die Straße gelegt. Ihre Schritte glucksten in der Stille.

Sie kamen an einem Rastplatz für Wanderer vorbei.

»Hast du Hunger?«, fragte Evi. Oma nickte.

Evi schob den Schneematsch von der Bank, damit sie sich setzen konnten. Es war eine Wohltat, die Beine auszustrecken.

Oma aß ein Brötchen, Evi eine Banane, die sich kalt und glibberig anfühlte.

Ein Nachtvogel schrie und trieb sie weiter, ohne dass sie sich ausgeruht hätten.

»Wie lange müssen wir noch laufen?«, fragte Oma.

Weit entfernt heulte ein Hund. Es war ein einsamer, jammervoll gedehnter Ton, der Evi einen Schauer über den Rücken jagte.

»Ich weiß nicht. So lange wie möglich. Geht's noch?«

»Hmh.«

Evi versuchte, Omas Gesicht zu erkennen, aber der Schirm warf seinen Schatten darauf.

»Wohin gehen wir denn?« Mit einem Mal war Omas Stimme brüchig und klein.

»Immer dem Mond nach«, sagte Evi und zeigte auf den Mond. »Irgendwohin, wo uns keiner findet.«

»Du weißt immer die schönsten Spiele, Piet«, sagte Oma.

Es hörte auf zu regnen.

31

Der Ort war klein und unscheinbar. Er wurde von einer viel zu großen Kirche bewacht, die mächtig und finster neben einem Friedhof mit eingesunkenen Grabsteinen stand.

Graue Häuser reihten sich aneinander. Hier und da ließen sie eine Lücke frei, durch die man in der Dunkelheit einen Hinterhof erahnte.

Es war kurz vor acht und die schmale Straße war mit den durchweichten Resten des Feuerwerks übersät. Erst jetzt fiel Evi ein, dass Neujahr war. An Neujahr hatten die Geschäfte geschlossen.

Das hatte sie nicht bedacht.

Oma schniefte und hustete. Sie schleppte sich nur noch dahin und schlief beinah im Gehen.

Neujahr.

Sie konnten sich nichts zu essen kaufen und von ihrem Proviant war nichts mehr übrig.

Evi fühlte ihre Beine kaum noch. Aber sie fühlte die Kälte. Ihre Jacke war schwer vom eingesogenen Regen und hing ihr am Körper, als wären Steine in den Saum eingenäht.

Eine Frau kehrte die Treppenstufen vor einer Gaststätte. Sie trug einen geblümten Kittel und darüber eine verfilzte Wolljacke. Ihre Beine waren von Krampfadern überzogen. Sie hatte sich ein Fransentuch um den Kopf geschlungen, unter dem strähniges, farbloses Haar hervorschaute.

Am Fuß der Treppe stand ein halb voller Müllbeutel, auf der obersten Stufe lag eine abgenutzte Kehrschaufel.

»Guten Morgen«, sagte Evi.

Die Frau sah unwillig auf, ihr Gesicht zeigte Spuren einer zu kurzen Nacht. »Morgen.«

»Können wir … bei Ihnen frühstücken?«

Evi spürte die Ablehnung der Frau und wär gern weitergegangen. Aber da war der Hunger. Die Kälte. Die Müdigkeit.

Und Oma, die seit Stunden kein Wort mehr gesagt hatte.

»Is noch nich auf«, gab die Frau kurz angebunden zurück. Sie war mit der Treppe fertig und machte sich nun an den Gehsteig.

Der Besen schob schmierige, verdrehte Luftschlangen, aufgequollene Zigarettenstummel, labbrige Raketenhülsen und Fetzen zerplatzter Luftballons zusammen.

»Gibt es denn noch ein anderes Lokal hier?«, fragte Evi ohne große Hoffnung.

Oma hustete. Ihr Husten klang wie ein Bellen, tief und rau.

Die Frau schüttelte gleichgültig den Kopf. Sie griff nach der Kehrschaufel und begann den Abfall in den Müllbeutel zu kippen.

Oma hustete wieder.

»Meine Oma und ich, wir … haben den letzten Bus verpasst«, log Evi und hoffte, dass Oma sich jetzt nicht einmischen würde.

Oma nieste. Sie lehnte an der fleckigen Hauswand, die Augen geschlossen, und schlotterte.

Die Frau leerte die letzte Kehrschaufel in den Müllbeutel, drehte sich um, sah Oma an, dann Evi und seufzte.

»Fürstlich wird's nich grad werden, aber zum Aufwärmen wird's reichen.«

Es war nicht fürstlich.

Es war königlich.

Kaiserlich!

Brot und Butter. Rührei, Käse, Honig, Marmelade. Kaffee für Oma und für Evi Kakao. Evi konnte sich nicht erinnern, jemals vor einem so wundervollen Frühstück gesessen zu haben.

Sie schlürfte den heißen Kakao und fühlte, wie er sich wohlig in ihrem Magen ausbreitete. Dann fiel sie über das Rührei her, danach über den Käse.

Sie würde lange, lange nicht aufhören zu essen.

Oma trank den Kaffee und wärmte sich die Finger an der Tasse. Sie machte keine Anstalten, etwas anderes zu sich zu nehmen.

Evi bestrich eine Scheibe Brot mit Butter.

»Rührei, Oma? Oder lieber Käse?«

Oma antwortete nicht. Sie schien Evis Frage überhaupt nicht zu verstehen.

»Gut«, sagte Evi.

Sie musste so tun, als hätte Oma ihr eine Antwort gegeben,

um nicht den Argwohn der Frau zu wecken, die hinter der Theke beschäftigt war. Sie belegte die Brotscheibe mit Käse und zerteilte sie.

Oma fing an zu essen.

Mantel und Jacke lagen zum Trocknen auf der Heizung, ein Stück von ihrem Tisch entfernt. Der Geruch nach nasser Wolle stieg von Omas Mantel auf.

Oma behielt die Sachen im Blick, als befürchtete sie, jemand könne sie ihnen wegnehmen.

Unterdessen räumte die Frau auf. Sie schob Stühle umher, wischte die Tische ab und spülte Gläser.

Das Kopftuch hatte sie abgenommen. Ihr Haar war fettig und brauchte dringend eine Wäsche.

Sie hatte das Radio eingeschaltet und ließ Evi und Oma in Ruhe. Nur manchmal schaute sie zu ihnen herüber, um zu sehen, ob sie etwas brauchten.

Oma hatte das Käsebrot aufgegessen. Sie lehnte sich auf der Bank zurück, legte den Kopf gegen die Wand und schlief ein.

Evi dachte darüber nach, ob sie es wagen konnte, nach einem Zimmer zu fragen.

Was würde die Frau davon halten?

Sie überlegte sicherlich schon, was ein Kind und eine alte Frau um diese Zeit nass und verfroren auf der Straße zu suchen hatten.

Ob sie das mit dem verpassten Bus geglaubt hatte?

Sie spähte zu ihr hinüber und begegnete ihrem forschenden Blick.

Nein.

Sie durfte nicht nach einem Zimmer fragen, nicht in einem so kleinen Ort, in dem jeder Fremde auffiel wie ein bunter Hund. Womöglich würde die Frau die Polizei holen.

Evi beschloss, das Frühstück in die Länge zu ziehen, um Oma noch ein wenig schlafen zu lassen.

Es war ein ungemütliches Lokal mit staubigen Geweihen an den Wänden, künstlichen Pflanzen am Fenster und toten Fliegen auf der Fensterbank. Die Tapete war vergilbt und hatte sich hier und da von der Wand gelöst. Vor dem Fenster hing eine schmuddelige Gardine, dahinter kündigte ein hässliches Dämmergrau den Tag an.

Die Luft war schal von der durchfeierten Nacht.

Evi ging zur Toilette. Sie hatte Durchfall. Ihr Darm entleerte sich in schmerzhaften Krämpfen. Sie wickelte reichlich Papier von der Rolle ab und stopfte es unter ihren Pulli. Vielleicht würde sie es unterwegs noch brauchen.

Das Waschbecken hatte braune Flecken und war an mehreren Stellen gesprungen. Die Risse verästelten sich wie die Fäden eines Spinnennetzes.

Im Spiegel darüber sah Evi ihr Gesicht, übernächtigt und bleich.

Ein Bett, dachte sie sehnsüchtig. Ein Bett, ein weiches Kissen und eine warme Decke!

Sie wusch sich das Gesicht und trocknete es mit Papier aus dem Spender ab. Dann zog sie den Kamm aus der Hosentasche und fuhr sich damit durchs Haar.

Ohne noch einmal in den Spiegel zu schauen, ging sie zu Oma zurück und kämpfte mit dem Bedürfnis, ebenfalls die Augen zuzumachen.

Oma atmete röchelnd durch den Mund. Sie hustete wieder, wurde davon jedoch nicht wach.

Evis Augenlider wurden immer schwerer.

»Oma?«

Sie rüttelte Oma leicht an der Schulter.

»Oma!«

Sie durften unmöglich hier sitzen bleiben. Evi gähnte und riss die Augen auf.

»Oma!«

Oma fuhr hoch, als hätte Evi sie aus einem Traum aufgescheucht. Ihre Augen waren trüb und krank.

»Wir müssen weiter.«

Während Oma auf der Toilette war, bezahlte Evi das Frühstück.

Falls die Frau sich wunderte, so zeigte sie es nicht.

»Heute fährt kein Bus«, sagte sie nur. »Soll ich 'n Taxi rufen? Bei so'nem Dreckswetter sollte deine Oma nich draußen rumlaufen, erkältet wie sie is.«

Ein Taxi war keine schlechte Idee, doch eine längere Fahrt im Taxi wär teuer, und sie benötigten das Geld, um sich ein Zimmer zu nehmen. Irgendwo in einer Stadt, groß genug, dass niemand sie beachten würde.

Oma musste ins Bett. Sie brauchte Hustentropfen und musste schlafen.

Evi schüttelte den Kopf.

»Danke. Wir haben es nicht mehr weit.«

Sie stapften weiter über die Landstraße, ohne Lieder, mit bleiernen Füßen. Allmählich schob sich die Sonne durch die Wolkendecke. Raureif lag auf den Wiesen.

Ein paarmal mussten sie stehen bleiben, weil Oma einen Hustenanfall bekam.

Ihr Husten wurde immer schlimmer.

Evi sehnte eine Apotheke herbei, in der sie Tropfen kaufen könnten. Sie betete, dass die Wirtin unrecht hatte. Dass doch ein Bus fuhr, geheizt und mit bequemen Sitzen.

Doch es kam nicht mal ein Auto vorbei.

Alles, was es hier gab, waren kahle Bäume, zu Eis erstarrtes Gras und die endlose Schnur der Straße, der sie immer weiter folgten.

Wenigstens regnete es nicht, und ihre Sachen waren nicht mehr nass, nur noch ein wenig klamm.

Evi wünschte, Oma würde sie erkennen und nicht mehr für Piet halten. Gleichzeitig fürchtete sie sich davor, dass Omas Erinnerung zurückkehrte.

Sie wäre ganz und gar nicht einverstanden mit ihrer Flucht.

»Sind wir bald da?«, fragte Oma.

In diesem Augenblick knatterte ein verbeulter roter Kleinbus mit dampfendem Auspuff an ihnen vorbei und hielt ein paar Meter vor ihnen am Straßenrand an.

Ein junger Mann stieg aus.

»Kann ich Sie ein Stück mitnehmen?«

Er richtete die Frage an Oma, doch Oma sah durch ihn hindurch und antwortete nicht.

Evi zögerte.

Sie kannten den Mann nicht. Aber er sah ungefährlich aus mit seinen langen Haaren und der Nickelbrille.

Seine Augen lachten.

Sie erinnerten Evi an Roland.

Hatten sie denn eine Wahl?

»Meine Oma ist heiser«, entschuldigte sie Omas Schweigsamkeit. »Sie kann kaum sprechen.«

Wie schnell man sich ans Lügen gewöhnt, dachte sie und hoffte, dass Oma weiter schweigen würde.

Der Mann verstaute die Reisetasche. Evi half Oma beim Einsteigen und quetschte sich neben sie.

Der Wagen war wohltuend überheizt. Aus dem Radio kam leise Musik.

»Wir haben den Bus verpasst«, sagte Evi wieder und nahm sich vor, nicht zu viel zu reden.

Oma schlief sofort ein. Evi hielt krampfhaft die Augen offen.

»Wohin wollt ihr denn?«

»Keine Ahnung.« Evi lächelte ihn an. »Wir machen einen Ausflug. Einen Neujahrsausflug«, setzte sie hinzu.

Sie konnte sich nicht vorstellen, dass irgendjemand das glauben könnte, doch der Mann nickte.

»Ich bin auf dem Weg nach Aachen«, sagte er.

Aachen.

Das war gut.

Weit genug weg.

»Können Sie uns bis dahin mitnehmen?«, fragte Evi.

»Klar.«

Im Radio erzählte eine Frauenstimme von Neujahrsbräuchen. Der Mann beugte sich nach vorn und suchte einen Sender, der Musik brachte. Seine Finger auf dem Lenkrad bewegten sich im Takt dazu.

»Ich hab gern Gesellschaft beim Fahren, dann ist es nicht so eintönig.«

Draußen glitt die Landschaft vorbei. Wolkenschatten streiften die silbrigen Felder.

»Und deine Eltern?«, fragte der Mann. »Hatten die keine Lust auf den Ausflug?«

Evi suchte in seinem Gesicht nach Anzeichen eines Verdachts.

Nichts.

»Die sind auf einer Dienstreise«, behauptete sie kaltblütig. Das hatte sie in einem von Frau Klapproths Büchern gelesen.

Bestimmt sind Eltern oft auf Dienstreise, dachte sie. Nicht nur in Büchern.

»Ah ja.«

Er hatte es geschluckt.

Evi entspannte sich.

Er war nett. Er hatte es nicht verdient, so angelogen zu werden. Beinah tat er ihr leid.

Das gleichmäßige Ruckeln und die Wärme schläferten sie

allmählich ein. Eine Weile wehrte sie sich noch gegen den Schlaf, dann fiel ihr Kopf zurück.

Sie wachte davon auf, dass irgendwas sich verändert hatte. Noch während sie sich die Augen rieb, merkte sie es.

Das Ruckeln hatte aufgehört.

Der Mann schaltete den Motor aus.

»Endstation.« Er lächelte. »Den halben Ausflug habt ihr verschlafen.«

»Wir hätten gestern nicht so lange feiern sollen«, sagte Evi und sah auf die Uhr.

Fast Mittag. Ihr Magen knurrte und in ihrem Darm grummelte es.

»Kann ich euch irgendwie weiterhelfen?«

Warum sagte er das?

War er doch stutzig geworden?

Hatte er eine Meldung im Radio gehört?

Enkelin mit Großmutter auf der Flucht. Sachdienliche Hinweise bitte an das nächste Polizeirevier.

Bloß kein Gespräch, dachte Evi. Jedes Wort kann gefährlich sein. Es ist besser, möglichst rasch und unauffällig zu verschwinden.

Sie weckte Oma und sie stiegen aus. Der Mann gab Evi die Tasche und verabschiedete sich von ihnen. Wenig später bog der rote Bus klappernd in eine Seitenstraße ein.

Evi gähnte. Ihre Beine fühlten sich an, als seien sie aus Gummi. Sie hängte sich die Tasche über die Schulter.

»Jetzt suchen wir uns ein Zimmer, Oma. Dann kannst du weiterschlafen.«

Sie fühlte sich kein bisschen erfrischt. Ihre Müdigkeit hatte sich eher vertieft.

Oma torkelte neben ihr her und klammerte sich an ihrem Arm fest.

Paare schlenderten an den Schaufenstern entlang. Sie alle wussten, wohin ihr Weg sie führte. Evi beneidete sie glühend.

Sie hatte keine Ahnung, wie sie es anstellen sollte, ein günstiges Hotel zu finden und ein Zimmer zu mieten.

In Filmen hatte sie es oft gesehen. Aber die Leute, die sich in Filmen ein Zimmer mieteten, waren erwachsen. Keiner stellte ihnen misstrauische Fragen.

Oma setzte sich auf die Bank einer Bushaltestelle.

»Ich laufe nicht mehr.«

»Nur noch ein paar Schritte, Oma. Ein halbes Stündchen vielleicht.«

Oma schüttelte den Kopf.

»Ich laufe nicht mehr.«

Es fing wieder an zu regnen, weiß und eisig, und die Bushaltestelle war nicht überdacht.

Mit Mühe konnte Evi Oma dazu überreden, noch einmal aufzustehen und weiterzugehen.

Sie versuchte, nicht auf den Aufruhr in ihrem Darm zu achten, aber alles in ihr verkrampfte sich.

Sie mussten ein Lokal finden.

Unbedingt.

Ein Lokal mit einer Toilette und einer warmen Mahlzeit.

Mittlerweile befanden sie sich jedoch offenbar auf einer Straße, die vom Zentrum wegführte. Sie zog sich furchtbar in die Länge.

»Ich muss aufs Klo«, sagte Oma.

Kein Lokal, kein Café weit und breit, nicht mal eine Imbissstube.

Nur Häuser, Häuser, Häuser.

Evi merkte, wie ihr die Tränen in die Augen stiegen. Ihre Füße brannten. An der rechten Ferse hatte sie sich eine Blase gelaufen. Sie war so müde, dass sie schwankte.

»Ich muss aufs Klo«, sagte Oma wieder.

Der Regen wurde heftiger. Evi suchte nach dem Schirm. Sie fand ihn nicht. Vielleicht hatten sie ihn in der Gaststätte vergessen. Oder in dem kleinen roten Bus. Oder Oma hatte ihn unterwegs irgendwo verloren.

Evi konnte sich nicht erinnern. Ihr war schwindlig. In ihrem Kopf dröhnte es.

Oma hustete und spuckte Schleim aus. Sie putzte sich die Nase mit dem letzten Taschentuch, das sie noch besaßen. Ihre Wangen glühten, wahrscheinlich hatte sie Fieber.

»Hast du eine Wärmflasche?«, fragte sie. »Mir ist so kalt.«

Die Tränen, die Evi aus den Augen liefen, vermischten sich mit der Schneeregennässe auf ihrem Gesicht. Sie ließ die Tasche fallen und nahm Oma in die Arme.

Dann fischte sie ihr Handy aus der Jackentasche.

Und rief zu Hause an.

32

Alles wollte Oma wissen, jede noch so geringfügige Einzelheit erfahren. Drei Tage lang hatte sie hohes Fieber gehabt, jetzt war sie wieder auf den Beinen. Viel zu früh, wie Evis Mutter fand.

Aber Oma hasste es, die Zeit im Bett zu vertun.

»Und dann?«, fragte sie.

Die Fahrt mit dem jungen Mann hätte Evi ihr am liebsten verschwiegen. Sie wusste, wie Oma darüber denken würde.

Und wirklich: »Mein Gott, Kind! Weißt du, wie gefährlich das war?«

Oma gab sich keine Mühe, ihr Entsetzen zu verbergen.

»Trotzdem …« Sie schnäuzte sich vorsichtig. Ihre Nasenflügel waren geschwollen und wund, denn sie hatte Unmengen von Taschentüchern verbraucht. »Trotzdem. Ich bin richtig stolz auf dich.«

»Stolz? Auf mich?«

Evi dachte an die Auseinandersetzung mit den Eltern zurück. Die hatten sie zunächst einmal ins Bett gesteckt und ausschlafen lassen. Doch dann hatte es so etwas gegeben wie ein Familiengericht.

»Wahnsinn«, hatte Vera gesagt. Es war nicht zu erkennen gewesen, ob das ein Vorwurf sein sollte oder ein Kompliment.

»Wahnsinn! Das ist genau das richtige Wort!«

Papa hatte seinem Zorn freien Lauf gelassen. Mit langen Schritten war er durchs Zimmer gelaufen, hin, her, hin, her.

Evi hatte sich tiefer in den Sessel gedrückt und auf die Explosion gewartet.

Und nun war Oma stolz auf Evis Wahnsinnstat?

»Kilometerweit über eine einsame Landstraße, bei Wind und Wetter und noch dazu mitten in der Nacht! Die meisten Kinder hätten sich zu Tode gefürchtet.«

»Du warst doch bei mir«, sagte Evi.

»Ich?« Omas Augen wurden feucht. Sie hob die Hände und ließ sie wieder sinken. »Und dann?«

Evi erzählte zu Ende. Oma hörte ihr zu, ohne sie zu unterbrechen. Als Evi fertig war, saß Oma eine Weile schweigend da.

Auf ihrem Tisch lag der Läufer und darauf stand das blaue Glas.

Evi betrachtete den trügerischen Zauberschimmer. Ich glaub nicht mehr an dich, dachte sie. Du hast dein Versprechen nicht gehalten.

Doch etwas in ihr glaubte immer noch daran, beharrlich und uneinsichtig.

»Warum schimpfst du nicht?«, fragte sie.

Oma sah sie verwundert an.

»Ich hab doch gar keinen Grund, auf dich böse zu sein.«

Keinen Grund?

Sie hatte keinen Grund, böse zu sein?

»Du hättest eine Lungenentzündung kriegen können! Wir hätten …«

»Du hast es für mich getan. Warum sollte ich dir also einen Vorwurf machen?«

Evi dachte wieder an das Familiengericht.

»Es war unglaublich leichtsinnig«, hatte Papa sie angefahren. »Leichtsinnig, unverantwortlich und dumm!«

Von Wort zu Wort hatte er sich mehr in Rage geredet.

»Tut es dir wenigstens leid?«

Evi hatte gespürt, dass es die ausgestandene Angst um sie war, die ihn so wütend machte. Dass sie ihn immer noch gepackt hielt.

»Ob es dir leidtut?«, hatte er gebrüllt.

Evi hatte seinem Blick standgehalten.

»Ja. Aber … aber ich würd's wieder machen.«

Und da hatte er ihr eine Ohrfeige gegeben.

Er hatte sie nie zuvor geschlagen. Seine Hand blieb in der Luft, plötzlich ohne alle Kraft.

Erschrocken tat er einen Schritt zurück.

Mama und Vera starrten ihn an. Niemand sagte etwas.

Er ging aus dem Zimmer.

Evi löste sich von der Erinnerung. Oma war aufgestanden. Sie öffnete eine Schublade der Kommode und zog einen Brief daraus hervor.

»Hier. Ich möchte, dass du es als Erste erfährst.«

Evi wusste gleich, was in dem Brief stand, noch bevor sie die erste Zeile gelesen hatte. Sie faltete ihn wieder zusammen und gab ihn Oma zurück.

Vier Wochen!

Achtundzwanzig Tage.

Und wie viele Stunden? Achtundzwanzig mal vierundzwanzig, das war …

»Evi! Ich weiß ja, wie schwer es für dich ist, aber könnten wir nicht trotzdem …«

Ihr Handy klingelte. Gerade rechtzeitig.

Evi stürzte aus dem Zimmer.

Es war Jenni. Sie war wieder zu Hause.

Eine halbe Stunde später saßen sie in Jennis Zimmer und Jenni erzählte von dem Besuch bei ihrem Vater.

»Mit Olli kam er prima klar. Der sah ihn und war hin und weg. Aber an mir hat sich mein Herr Vater die Zähne ausgebissen.«

Evi wusste nicht, was sie dazu sagen sollte. Außerdem war Jenni sowieso nicht in der Stimmung, ihr zuzuhören.

»Und jetzt rate mal, wo er wohnt?«

Evi zuckte mit den Schultern.

»In einer WG!« Jenni bebte vor Empörung. »Von wegen, er muss nachdenken! Von wegen, er braucht Ruhe und Zeit, um zu sich selbst zu finden! Alles Quatsch!«

Evi hatte Jenni noch nie so wütend gesehen. »In einer WG!« Sie spuckte Evi die beiden Silben vor die Füße. »Mit zwei Frauen und zwei Männern. Du kannst nicht allein mit ihm frühstücken, denn die andern sitzen dabei und quasseln dich voll. Wenn du aufs Klo willst, begegnest du garantiert einem von ihnen auf dem Flur, und meistens ist das Bad sowieso besetzt.«

Evi öffnete den Mund, aber Jenni war noch nicht fertig.

»Es wimmelt von Leuten. Ständig ist Besuch da. Du kommst ahnungslos in die Küche und wildfremde Typen belagern den Tisch. Nicht mal in seinem Zimmer waren wir ungestört. Alle paar Minuten steckte einer seine Nase rein.«

»Wo habt ihr denn geschlafen?«, fragte Evi.

»Olli mit meinem Vater im Bett und ich auf einer Matratze. Olli fand es toll. Alle waren von ihm begeistert. Er war Hahn im Korb.«

»Und dein Vater? Fühlt er sich …«

»Ob er sich wohl fühlt?« Jenni schnaubte. »Und wie! Sie haben alles durchgeplant. Wann wer einkauft, wann wer kocht. Natürlich haben sie eine Putzfrau und sogar einen Fensterputzer. Bequemer kann es für ihn doch gar nicht sein.«

Sie hörten Olli schreien, dann die strenge Stimme von Jennis Mutter. »Oliver!«

»Und meine Mutter muss gucken, wie sie das alles hier alleine regelt«, beklagte sich Jenni bitter. »Sie ist so fertig mit den Nerven, man kriegt bloß noch Krach mit ihr.«

Wie auf ihr Stichwort kam Jennis Mutter herein. Sie sah müde aus und überreizt.

»Könnt ihr Olli nicht ein bisschen mit nach draußen nehmen? Ich muss mich auf eine Klausur vorbereiten und er lässt mich einfach nicht arbeiten.«

Sofort stand Jenni auf.

»Nein!« Olli klammerte sich an seiner Mutter fest.

Sie machte sich von ihm los, schob ihn beiseite und verschwand. Olli brach in Tränen aus. Jenni setzte sich auf ihr Bett und hielt sich die Ohren zu.

Evi ging neben Olli in die Hocke. »Du hast dein Weihnachtsgeschenk noch gar nicht abgeholt.«

Olli hörte auf zu heulen. »Was 'n für 'n Geschenk?«

»Das verrat ich nicht.«

Sie streichelte seinen schmalen Rücken. Durch den Pulli hindurch konnte sie fühlen, dass er vor Aufregung geschwitzt hatte.

»Ich sag dir nur, wo es ist«, flüsterte sie. »Es ist in meinem Zimmer.«

»Extra für mich?«

»Extra für dich. Du musst es dir aber schon selber abholen.«

»Gleich?«

»Wenn du willst.«

Olli sprang auf, rannte in den Flur und kam mit seinem Anorak zurück, einen Arm schon im Ärmel.

Olli lag selig vor der kleinen hölzernen Leiter und hatte für nichts anderes mehr Augen und Ohren als für das Männchen, das er immer wieder die Stufen hinunterpurzeln ließ.

Evi war froh, dass Mama ihr das Geld dafür geliehen hatte. Sie würde es im Haushalt abarbeiten. Das war keine große Sache.

»Wir gehen nach unten, Jenni und ich«, sagte sie zu Olli.

»Dann können wir ein bisschen quatschen und du kannst ungestört weiterspielen, okay?«

Olli nickte nur. Er würde sie nicht vermissen.

Sie hatten das Haus für sich allein. Oma hatte Evi einen Zettel hingelegt, sie war bei Frau Klapproth. Vera war mit Roland unterwegs. Die Eltern machten einen Geburtstagsbesuch.

Jasper saß neben seinem Futternapf in der Küche und schwieg verdrießlich, ein Ohr auf die Tür gerichtet, um sich in Sicherheit bringen zu können, sobald er Ollis Schritte auf der Treppe hörte.

Evi und Jenni setzten sich an den Tisch und sprachen über die Silvesternacht.

»Das hast du dich wirklich getraut?« Jenni riss die Augen auf.

»Es war umsonst«, sagte Evi. »In vier Wochen geht sie ins Heim. Sie hat mir heute den Brief gezeigt.«

»Scheiße«, murmelte Jenni.

Es war noch Huhn mit Reis übrig. Evi füllte eine Portion in Jaspers Napf, setzte sich wieder hin und schaute Jasper abwesend beim Fressen zu.

Noch bei Jenni zu Hause war ein Gedanke in ihr aufgeblitzt, den sie unbedingt weiterdenken musste.

»Huhu!« Jenni wedelte mit der Hand vor Evis Gesicht herum. »Bist du noch da?«

Evi wandte den Blick vom schmatzenden Jasper ab.

»Du, Jenni …«

Sie war so überwältigt von ihrer Idee, dass ihr die Stimme versagte. Sie räusperte sich.

»Das, was dein Vater gemacht hat, das könnte doch auch Oma machen?«

»Weggehn? Tut sie doch.«

»Nein.« Evi schüttelte ungeduldig den Kopf. »Ich meine, sie könnte doch auch in eine WG ziehen.«

»Deine Oma?«

Wie Schluckauf stieg ein leises Lachen in Evi hoch. Sie kniete sich auf den Stuhl, schob Farn und Christstern auseinander, legte die Arme auf die Fensterbank und schaute hinaus. Was sie sah, waren aber nicht die Häuser auf der anderen Seite der Straße.

Sie sah das Haus von Frau Klapproth.

Und den großen, winterlichen Garten, in dem alles auf den Frühling wartete.

33

Nebel hing in den Bäumen und umwaberte die Terrassenlampe. Die Mutter gab dem Christbaum Wasser und machte die Kerzen an.

Sie waren alle im Wohnzimmer versammelt, auch Roland. Er hatte mit ihnen zu Abend gegessen. Er saß in dem Sessel am Fenster, Jasper auf dem Schoß, die langen Beine übereinandergeschlagen, die Finger in Jaspers Fell vergraben, und lächelte freundlich in die Runde.

Vera setzte sich zu ihm auf die Lehne. Ihre Hand schob sich verstohlen unter sein Haar. Verlegen drehte Roland den Kopf weg. Sie grinste und flüsterte ihm etwas ins Ohr.

Evi hatte bis jetzt gewartet. Immerhin war es eine Familienangelegenheit. Allerdings sah es nicht so aus, als wolle Roland sie allein lassen. Wenn sie aber noch länger wartete, würde er auf einmal vielleicht mit Vera verschwinden.

Das durfte sie nicht riskieren. Sie brauchte eine Verbündete und bestimmt ließ Vera sich leichter überzeugen als die andern.

Sie hatte sich die Worte sorgfältig zurechtgelegt, hatte sich vorgenommen, langsam und überlegt zu sprechen. Doch als sie nun anfing, sprudelten die Sätze ohne Punkt und Komma aus ihr hervor.

Die ganze Zeit über wünschte sie sich, Tom wäre hier. Sie wünschte sich, er würde neben ihr sitzen und ruhig seine Brille putzen. Aber er war noch nicht aus den Ferien zurück.

Endlich hatte sie alles gesagt.

Wie lange hatte sie geredet? Zehn Minuten? Eine halbe Stunde? Sie befeuchtete sich die Lippen mit der Zunge.

Natürlich hatte sie darüber nachgedacht, wie sie reagieren würden. Sie war auf jeden Einwand vorbereitet.

Nicht jedoch auf das Schweigen, das nun in den Raum fiel wie ein Stein.

Roland stopfte sich eine Haarsträhne in den Mund und kaute darauf herum. Vera nahm im Zeitlupentempo den Arm von seinen Schultern und beugte sich vor. Die Eltern und Oma saßen absolut reglos.

Jasper seufzte im Schlaf. In Evis Zimmer rief achtmal der Kuckuck.

Vera war die Erste, die sich wieder fing.

»Eine WG?« Sie streckte den Daumen in die Luft. »Superidee! So megagenial, dass sie glatt von mir sein könnte.«

Oma holte tief Luft. Dann schüttelte sie den Kopf.

»Aber wieso denn nicht?« Evi brauchte gar nichts mehr zu sagen. Vera machte das schon.

»Das kann ich niemandem zumuten.«

Oma hielt den Kopf gesenkt. Sie sprach zu ihren Knien, die in dicken Wollstrümpfen steckten.

»So ein Humbug!« Vera war richtig in Fahrt. »Ihr habt euch doch auch um Frau Klapproth gekümmert, nachdem sie den Unfall hatte. Ihr tut es immer noch.«

Oma wollte widersprechen, doch Vera redete rasch weiter. »Frau Klapproth mutet euch also auch einiges zu. Ihr habt all die Arbeiten übernommen, die sie nicht mehr erledigen kann.«

»Wir sind alt.«

Oma hob endlich den Kopf.

»Jeder von uns. Denk das doch mal zu Ende, Kind. Vielleicht brauchen wir in ein paar Jahren alle Hilfe.«

»Na und?« Evi war Vera so dankbar für ihre Unterstützung, dass sie ihr auf der Stelle sämtliche Gemeinheiten verzieh. »Wir sind ja schließlich auch noch da.«

Roland spuckte die Haarsträhne aus. Er rückte sich im Sessel zurecht, unsicher, ob er sich einmischen sollte oder nicht.

»Man könnte eine Haushälterin einstellen«, schlug er behutsam vor.

»Geld genug hättet ihr«, sagte Papa nachdenklich. »Sogar für einen Krankenpfleger, wenn es denn mal sein müsste.«

Oma hob abwehrend die Hände. Ein Hustenanfall schüttelte sie. Als sie wieder sprechen konnte, klang ihre Stimme kratzig.

»Hört auf! Ihr macht mich ja ganz konfus! Außerdem – zu diesem Plan gehören vier, und ich glaube wirklich nicht, dass …«

»Fragen wir sie doch einfach«, sagte Mama. »Wir laden sie für morgen zum Kaffee ein.«

»Morgen?« Oma sah sich Hilfe suchend um. »Ist das nicht ein bisschen … kurzfristig?«

Niemand antwortete und das war Antwort genug.

Sie kamen um drei. Ein Taxi brachte sie. Der Fahrer half Frau Klapproth aus dem Wagen und führte sie zur Tür. Sie stützte sich schwer auf ihren Stock. Das nasskalte Wetter war Gift für ihre Hüften.

Diesmal fauchte Jasper den Stock nicht an. Steifbeinig, die Ohren angelegt, umkreiste er ihn einmal und ging ihm dann aus dem Weg.

Frau Perges Haar hatte heute beinah Veras Ton. Die Löckchen waren verschwunden. Wie ein glatter Vorhang hing es ihr in die Stirn und über die Ohren und schaukelte bei jeder Bewegung.

Sie setzten sich an den Tisch und plauderten über dies und das. Evi konnte es kaum noch aushalten, sie zupfte Oma am Ärmel.

»Gleich«, flüsterte Oma.

Frau Klapproth hatte Evis Unruhe bemerkt. »Ich weiß«, sagte sie, »alte Leute sind manchmal entsetzliche Langeweiler.«

»Nur, wenn sie in ein Heim gehen«, fiel Evi reichlich ungeschickt mit der Tür ins Haus.

Vera trat sie unterm Tisch. Evi spürte, wie ihr das Blut ins Gesicht schoss.

Sei kein Idiot, dachte sie. Vermassle es nicht gleich in den ersten Minuten.

»Evi hat da eine Idee«, kam Oma ihr zu Hilfe. »Eine recht, nun ja, eine recht ungewöhnliche Idee. Und da diese Idee auch Sie betrifft …«

Ihre Einleitung dauerte Evi viel zu lange.

»Das war nämlich so«, platzte sie heraus und erzählte von Jennis Besuch bei ihrem Vater.

Nur Frau Klapproth schien von Anfang an zu merken, worauf ihre Worte hinausliefen. Wie eine alte, schläfrige Schildkröte, die Augen halb geschlossen, sah sie Evi an.

Frau Perge und Herr Ronnebach waren mit ihrem Kuchen beschäftigt. Sie kannten Jenni nicht und erst recht nicht Jennis Vater. Höflich hörten sie sich dennoch die Geschichte an, wie sie sich jede Geschichte angehört hätten.

»Ja«, sagte Evi, »und da hab ich mir gedacht …«

Frau Klapproth öffnete die Augen. Sie wirkte mit einem Mal sehr wach.

»Ich glaube, ich weiß, was du uns vorschlagen willst.«

Evis Herz hämmerte.

Zu Anfang hatte sie sich vor Frau Klapproth gefürchtet. Jetzt sah sie in das strenge, hagere Gesicht und fürchtete sich wieder.

Herr Ronnebach angelte sich ein weiteres Stück Kuchen, Frau Perge betupfte sich die Mundwinkel mit ihrer Serviette.

Evi hielt den Atem an und wartete auf Frau Klapproths Nein.

Der Augenblick der Stille dehnte sich. Herr Ronnebach sah

irritiert umher, das Stück Kuchen auf halbem Weg vom Teller zum Mund in der Hand.

»Weißt du«, sagte Frau Klapproth zu Evi, »ich habe selbst schon darüber nachgedacht.«

Vorsichtig meldete sich Erleichterung in Evi, aber sie unterdrückte sie noch. Dass Frau Klapproth darüber nachgedacht hatte, besagte gar nichts. Vielleicht hatte sie sich ja dagegen entschieden.

»Mein Haus ist groß. Allein kann ich es nicht halten. Die Arbeit ist mir längst über den Kopf gewachsen, aber der Gedanke an ein Heim …«

Sie schaute Oma an.

»Wir kennen uns noch nicht gut genug, um zu wissen, ob wir auch im Alltag miteinander auskommen können. Allerdings haben wir nicht die Zeit, uns vorher besser kennenzulernen. Also sollten wir es vielleicht einfach versuchen. Ins Altersheim können wir schließlich immer noch. Das läuft uns nicht weg.«

Evi sprang auf, lief zu ihr und warf ihr die Arme um den Hals.

»Langsam, langsam!« Frau Klapproth befreite sich aus ihrem Würgegriff. »Wir wissen ja noch gar nicht, wie die andern darüber denken.«

Frau Perges Wangen hatten sich mit einer fleckigen Röte überzogen.

»Ich bin …« Sie knüllte die Serviette zusammen und zupfte sie wieder auseinander. »Im ersten Moment würde ich sagen, das ist eine … ganz wundervolle Idee!«

Herr Ronnebach saß da wie vom Donner gerührt.

»Man muss das gut überlegen«, sagte er. »Es gäbe eine Menge zu regeln und … also, wie ich schon sagte, ein Heim wäre für mich ja nie in Betracht gekommen. Und deshalb …« Er sah vom einen zum andern. »Ja. Nun. Warum eigentlich nicht?«

Oma hatte die ganze Zeit über geschwiegen.

Jetzt sahen alle sie an.

»Sie wissen, was da auf Sie zukommt«, sagte sie leise. »Sie wissen, warum ich mich entschlossen habe, in ein Heim zu gehen.«

Frau Klapproth nickte. »Mit mir wird es für Sie auch nicht eben leicht sein.«

»Und mit mir erst!« Frau Perge strahlte sie der Reihe nach an. »Ich bin ein äußerst vergesslicher Mensch. Sie werden mir täglich helfen müssen, meine Brille zu suchen. Außerdem neige ich dazu, meine Schlüssel zu verlieren.«

»Unter diesen Umständen«, sagte Herr Ronnebach düster, »sollte ich mir das vielleicht doch noch einmal gründlich durch den Kopf gehen lassen.«

In seinen Mundwinkeln zuckte es. Dann breitete sich ein vergnügtes Lächeln auf seinem Gesicht aus.

Papa stand auf und ging hinaus. Er kam mit zwei Flaschen Sekt zurück, stellte sie auf den Tisch, setzte sich wieder und sah Oma an.

»Alles liegt nun bei dir, Mutter.«

Oma gab sich geschlagen. Sie verließ das Zimmer, um Gläser zu holen.

Auch Evi bekam Sekt. Sie schnupperte daran und verzog den Mund. »Kann ich auch mit was anderem anstoßen?«

»Auf die tapferen vier«, sagte Herr Ronnebach, nachdem Evi sich Limo eingeschenkt hatte.

Jetzt erst sah Evi, dass Oma das blaue Glas in der Hand hielt.

Sie lächelte Evi zu, setzte es an die Lippen und trank.

34

Sie hatten beschlossen, alle am selben Tag umzuziehen. »So was erledigt man am besten in einem Abwasch«, hatte Frau Perge gesagt. »Das gibt nur einmal Aufregung und nur einmal Dreck, und dann ist es auch schon vergessen.«

Die Eltern hatten sich für diesen Tag Urlaub genommen und einen Kleinbus gemietet.

Doch zuerst mussten die Bücher verpackt werden, Omas Kleidung und all die Dinge, die Evis Zimmer einen Frühling, einen Sommer, einen Herbst und einen halben Winter lang zu Omas Zimmer gemacht hatten.

Roland, Jenni und Tom hatten ihre Hilfe angeboten.

»Lieb von euch«, hatte Oma gesagt, »aber zu sechst wären wir uns nur im Weg.«

Trotzdem stand am Packtag plötzlich Tom vor der Tür, und das war gut so, denn gleich das erste Buch, das Vera in die Hand nahm, gefiel ihr, und sie setzte sich auf den Boden, den Rücken an die Heizung gelehnt, und begann in aller Gemütsruhe zu lesen.

»Schriftsteller!« Evi tippte sich an die Stirn.

Sie hob immer sieben, acht Bücher gleichzeitig aus dem Regal und reichte sie an Tom weiter, der sie in die Umzugskartons stapelte.

Oma war damit beschäftigt, die Wäsche zu ordnen und Kleidungsstücke zusammenzulegen.

Immer wieder kicherten und lachten sie wegen Kleinigkeiten. Vera, die sich die Ohren mit den Fingern zugestöpselt hatte, verzog sich mit ihrem Buch nach nebenan.

Gleich darauf wummerte es in ohrenbetäubender Lautstärke durch die Wand.

Omas Fuß wippte im Takt dazu.

»*Crazy*. Von Simple Plan«, erklärte sie Tom, der sie hingerissen anstarrte. »Evi mag Coldplay lieber. Ich selbst bevorzuge Silbermond. Und du? Was magst du?«

»Alles«, sagte Tom, der Unersättliche.

Oma lachte und nahm ihn in die Arme. »Alles! Das gefällt mir!«

Toms Ohren glühten vor Verlegenheit. Schnell machte er sich wieder an die Arbeit.

Als sie mit den Büchern fertig waren, hängten Evi und Tom die Bilder ab. Sie arbeiteten zügig und am Abend war alles verstaut.

Die Kartons standen an der Wand im Flur, wie schon einmal vor fast einem Jahr. Nur noch ein paar Kleider hingen in Omas Schrank, die Sachen, die sie bis zum Umzug noch brauchte.

»Jetzt hast du dein Zimmer zurück«, sagte Oma.

Daran hatte Evi noch gar nicht gedacht. Vielleicht würde sie tatsächlich wieder umziehen, vielleicht aber auch nicht.

Es war nicht wichtig.

»Übernachtest du denn ab und zu auch mal bei uns?«

Oma nickte. »Immer dann, wenn wir zusammenhocken und reden und die Zeit darüber vergessen. Heiliges Ehrenwort und dreimal drübergespuckt!«

Evi war beruhigt.

Das würde oft so sein.

Am Tag des Umzugs schneite es. Die Eltern waren vorausgefahren, Oma und Evi gingen zu Fuß.

Dicke Flocken schwebten aus dem verhangenen Himmel herab. Es gab noch keine Fußstapfen im Schnee der Seitenstraßen und keine Abdrücke von Autoreifen. Nur eine einsame Vogelspur lief an einer nackten Hecke entlang.

Unter den Laternen funkelte es wie vom Staub zerstoßener Diamanten.

Frau Bieser schob das Fensterchen auf. »Ist es soweit?«

»Ja«, sagte Oma. »Ich möchte mich verabschieden.«

»Verabschieden?«

Frau Bieser ließ Omas Hand los, als hätte sie sich daran verbrannt. »Nichts da! Ihre Modezeitschriften liegen jede Woche bei mir bereit! Hüten Sie sich, die woanders zu kaufen! Die paar wirklich netten Kunden geb ich doch nicht freiwillig her!«

Sie verschwand, kam schnaufend wieder zum Vorschein und reichte Oma eine Flasche Rotwein heraus.

»Zum Einzug. Trinken Sie beim Anstoßen für mich mit! Und alles, alles Gute!«

Frau Perge und Herr Ronnebach hatten sich für den Umzug zusammengetan. Die Packer schleppten die Möbelstücke ins Haus und hinterließen eine matschige Fährte auf den Bodenfliesen.

Im Haar der Eltern, die gerade Omas Kommode aus dem Bus wuchteten, glitzerten geschmolzene Schneeflocken.

Von oben hörte man Herrn Ronnebach, der die Männer nach hierhin und dorthin dirigierte.

»Langsam! Ja, so ist's gut. Nein, das kommt in dieses Zimmer. Vorsicht! Und das kommt in das Zimmer gegenüber. Nein, nein! Hier entlang.«

In der Küche war der Tisch ausgezogen und gedeckt. Es duftete nach frischem Apfelkuchen.

»Willkommen daheim«, begrüßte Frau Klapproth Oma und umarmte sie herzlich.

»Daheim …«

Oma schaute sich um, nahm langsam und gründlich jede Einzelheit in sich auf, als wolle sie sich davon überzeugen, dass sie nicht träumte.

»Frühstück!«, rief Frau Klapproth in den Flur hinaus.

Evi ging ins Wohnzimmer. Der Garten schlief unter einer welligen weißen Decke, die immer dichter wurde. Im Vogelhäuschen herrschte Hochbetrieb.

Sie hörte, wie sich die schweren Schritte der Männer näherten, danach aus der Küche das Quietschen gerückter Stühle. Sie hörte Stimmen und Lachen.

»Evi, kommst du?«

Frau Perge stand in der Tür. Sie trug eine grüne Hose mit ausgebeulten Knien und einen knallengen Pullover. Ihr Haar war in wilde Locken gelegt. Ein Schmutzstreifen zog sich über ihre linke Wange.

Evi folgte ihr in die Küche.

Inmitten des lauten Durcheinanders am Tisch klappte Oma ihre Handtasche auf, holte das blaue Glas heraus, wickelte es aus dem schützenden Seidenpapier und stellte es behutsam auf den Tisch.

Und da stand es im Lichtkreis der Lampe und funkelte so schön, so wunderbar, so abgrundtief blau, dass einen Moment lang die Unterhaltung stockte und jeder es ansehen musste.